KB061508

정약용이 500권을 쓰고
평범한 교사가 6권을 쓴 비법 공개

책 쓰기, 버킷리스트에서 작가되기

저자 이성일

정약용이 500권을 쓰고
평범한 교사가 6권을 쓴 비법 공개

책쓰기,
버킷리스트에서
작가되기

초판 1쇄 발행 2022년 12월 1일

지 은 이 이성일
발 행 인 권선복
편　　집 권보송
디 자 인 박현민
전 자 책 서보미
발 행 처 도서출판 행복에너지
출판등록 제315-2013-000001호
주　　소 (07679) 서울특별시 강서구 화곡로 232
전　　화 010-3267-6277
팩　　스 0303-0799-1560
홈페이지 www.happybook.or.kr
이 메 일 ksbdata@daum.net

값 16,000원
ISBN 979-11-92486-32-1 (13800)

정약용이 500권을 쓰고
평범한 교사가 6권을 쓴 비법 공개

목차

4장. 다산의 책 쓰기 전략 - 초서 독서법

5장. 책 쓰기 실제

6장. 출간에 도전

추천사

생각보다 어렵지 않고, 상상보다 행복한 책 쓰기로 초대합니다

권선복
(도서출판 행복에너지 대표이사)

대부분의 사람에게는 자신의 이야기를 남에게 들려주고 싶은 강한 욕구가 있습니다. 그리고 이 욕구를 해소하는 가장 완전한 방법은 자신의 책을 쓰는 것입니다. 많은 사람들이 책을 통해 자신의 이야기를 하고 싶어 하지만 보통 막연한 꿈을 꿀 뿐, 실제로 실행할 엄두를 내지 못하는 경우가 대부분입니다. 그 이유 중 하나는 '책을 쓰는 과정, 책을 출간하는 과정은 아주 복잡하고 어렵다'라는 인식 때문일 것입니다. 하지만 이 책 『책 쓰기, 버킷리스트에서 작가 되기』는 책을 쓰는 과정은 '생각보다 어렵지 않고, 상상하는 것보다 행복하며, 자기계발에 매우 유용하다'라는 것을 경험에 근거한 체계적인 '내 책 쓰기 가이드'를 통해 알려주고 있습니다.

이 책을 쓴 이성일 저자는 '평범한 교사에서 1년에 한 권의 책을 쓰는 작가'로 자리매김한 분입니다. 저자는 평범한 교사였던 자신을 1년에 한 번씩 책을 내는 작가로 만들어 준 방법을 소개하며 누구나 방법과 노하우를 배우고 깨달으면 자신이 꿈꾸던 작가의 길을 걸을 수 있다고 이야기합니다.

이성일 저자가 이야기하는 '평범한 사람이 작가가 되는 법'의 핵심은 '특별한 독서법'에 있습니다. 저자는 자신이 두려움 없이 글을 쓸 수 있게 된 비결로 다산 정약용 선생님이 일생 동안 500권의 책을 쓸 수 있도록 해준 '초서 독서법'을 공개합니다. 책은 이러한 '초서 독서법'의 힘을 기반으로 하여 우리가 각자의 내면에 숨어 있는 작가의 꿈을 되살릴 수 있도록 돕는 한편 '초서 독서법'을 기반으로 하여 자신을 '책을 쓸 수 있는 사람'으로 만들어 주는 기본적인 습관을 소개한 후 마지막으로 실제 책을 쓰는 과정, 출판사와 계약하는 과정, 꾸준히 출판사와 소통 및 조율하며 자신의 책을 손에 잡기까지의 과정 속에서 활용할 수 있는 노하우를 쉽고 체계적인 언어로 명쾌하게 설명해 주고 있습니다.

이 책 『책 쓰기, 버킷리스트에서 작가 되기』를 통해 작가의 꿈을 가슴 한켠에 치워두고 있었던 많은 분들이 꿈을 현실로 만들어 나갈 수 있기를 소망합니다!

51살에 첫 번째 책을 썼습니다
지금 56살, 6번째 책의 머리말을 쓰고 있습니다

2017년 『얘들아, 하브루타로 수업하자!』
2018년 『하브루타로 교과수업을 디자인하다』
2019년 『하브루타 네 질문이 뭐니』(공저)
2020년 『하브루타 4단계 공부법』
2021년 『메타인지 수업』
2022년 『책 쓰기, 버킷리스트에서 작가되기』

이런 분들을 위해 이 책을 썼습니다.

첫째, 좋아하는 분야가 있는 사람입니다. 취미에서 전문가로의 동기를 부여합니다. 재능있는 사람이 노력하는 사람을 당하지 못하고, 노력하는 사람은 즐기는 사람을 당하지 못합니다. 자신이 좋아하는 분야에 관한 책을 읽고 자료를 모으는 일 자체가 즐거움입니다. 거기에 경험과 이야기를 담으면 책이 됩니다. 전문가라서 책을 쓰는 게 아닙니다. 책을 쓰면 전문가가 됩니다. 저자가 되는 순간 그 분야의 사람들은 모두 당신을 전문가로 인정합니다.

둘째, 책 읽기를 좋아하는 사람입니다. 독자에서 작가로의 변신 동기를 부여합니다. 책 쓰기는 책을 읽는 사람이 가장 잘할 수 있는 일입니다. 자신이 읽은 책은 틀림없이 자기 어딘가에 축적되어 있습니다. 용기를 내어 그것을 글로 끄집어내 보는 겁니다. 처음부터 주제를 정해서 책 쓰기에 도전해도 좋고, 블로그나 브런치에 꾸준히 올려서 글감을 쌓아두는 것도 좋습니다. 천 권을 읽는 것보다 주제를 정해서 한 권을 쓰는 것이 자신을 더욱 성장시킵니다.

셋째, 가르치는 직업을 가진 사람입니다. 교사가 쓴 경험으로 쉽게 공감할 수 있고, 직접적인 동기를 부여합니다. 요즘은 가르치는 방법이 너무 다양합니다. 지금도 계속 수업 관련 책이 나오고 있습니다. 왜냐하면 시대 변화, 과목, 가르치는 사람, 배우는 사람에 따라 같은 수업은 없기 때문입니다. 제 책 중에 세 권은 수업 사례들입니다. 누구나 자신의 수업 사례가 책이 될 수 있습니다. 특히 강연 활동을 한다면 무조건 책을 써야 합니다. 강의 내용이 원고가 되고, 책으로 인해 강연 기회도 훨씬 많아지기 때문입니다.

제가 계속 책을 쓰는 이유를 생각해봤습니다

첫째, 가장 많이 배우는 방법이었습니다. 제가 많이 알아서 쓰는 것이 아니었습니다. 책을 쓰기 위해 다른 책을 보고, 이거다 싶으면 제 수업에 적용했습니다. 다른 선생님 수업도 열심히 참관하고, 심지어 교생 수업에서도 많이 배웠습니다. 호기심이 많고 배우기를 좋아하는 제 성격에 책 쓰기는 배움을 위한 최고의 방법이었습니다.

둘째, 다른 사람의 인정을 받는 것이 좋았습니다. 포털 사이트에 제가 쓴 책이나 이름을 치면 많은 포스팅이 있습니다. 가끔 검색하면 새로운 글이 올라와 있습니다. 마치 제가 연예인이 된 듯한 기분입니다. 전국의 학교와 도서관에서 강의 요청이 들어 옵니다. 사람들이 작가님이라 불러줍니다. 아직 듣기에 쑥스럽지만, 기분은 참 좋습니다.

셋째, 누군가에게 선한 영향력을 끼칩니다. 어떤 교사는 제 책을 읽고 수업이 행복해졌고, 어떤 수험생은 임용 고시 수업 실기에서 제 책의 사례로 합격을 했고, 어떤 학생은 하브루타 공부법으로 성적이 올랐다고 합니다. 책을 읽다가 궁금하면 이메일이나 전화로 질문하는 사람도 종종 있습니다. 그래서 글쓰기는 자신을 바꾸는 일이고, 책 쓰기는 세상을 바꾸는 일이라고 말합니다.

요즘 책 쓰기에 대한 사람들의 관심이 많습니다. 수십만 원에서 천만 원이 넘는 강좌도 있습니다. 저는 책 쓰기를 생각해본 적이 없는 평범한 교사였는데, 어쩌다 보니 6권의 책을 냈습니다. 이것이 가능했던 이유는 저의 독특한 독서 습관 때문입니다. 그런데 알고 보니 정약용이 500권의 책을 쓴 독서법과 정확히 같았습니다. 주제를 정해 책을 읽으면서 중요한 내용은 베껴 쓰고 떠오르는 생각을 기록하는 초서 독서법입니다.

많은 분의 버킷리스트가 책 한 권 쓰는 겁니다. 그런데 마음에만 담아두고 막상 실천하지 못하는 경우가 많습니다. 이 책 한 권 읽는다고 책이 뚝딱 나오는 것은 아닙니다. 하지만 이 책이 마음의 열정을 실천으로 잇는 가교 역할을 할 것입니다. 책 쓰기라는 긴 여정에 내비게이션 역할을 충실히 하겠습니다.

1장은 '책을 쓰면 좋은 점'을 통해서 잠들어 있던 버킷리스트를 깨우겠습니다.

2장은 제가 5권의 '책을 쓰게 된 과정'을 소개하겠습니다. 5번의 다른 사례로 '나도 쓸 수 있겠구나'라는 자신감을 갖게 됩니다.

3장에서는 '책 쓰기를 위한 습관'을 안내합니다. 하나하나 실천하다 보면 어느새 책을 쓸 수 있는 근육이 생기고 글감이 쌓입니다.

4장은 '다산의 초서 독서법'입니다. 정약용이 18년 동안 500권을 쓰고, 제가 6년 동안 6권을 쓴 비결을 공개합니다.

5장은 '이제 책 쓰기에 도전'입니다. 주제 정하기부터 퇴고까지 친절히 안내합니다.

6장은 '드디어 출간'입니다. 출판 방법에서 투고와 최종 책이 되는 과정을 빠짐없이 보여줍니다.

이 책으로 맺은 행복 에너지 권선복 대표님과의 인연은 제 삶에 큰 자산이 되었습니다. 이 책이 버킷리스트에서 작가로의 꿈을 이루는 가교가 되기를 소망합니다. 제가 친절히 안내하겠지만 운전하는 사람은 여러분입니다. 다른 길로 가지 말고 끝까지 운전대를 잡고 목적지로 가기를 바랍니다. 진심으로 응원합니다.

이 책은 제 삶의 가장 길고 어두운 터널을 지나면서 나왔습니다. 쓰면서 마음을 다스리고, 용기를 내었습니다. 이 과정에 함께

하신 하나님과 기도로 응원해주신 여러분께 진심으로 감사드립니다.

2022년 10월 이성일

1장. 책을 쓰면 좋은 점

정보의 생산자

현대는 정보의 시대이다. 누구나 정보의 소비자이면서 생산자가 될 수 있다. 유튜브를 통해 어린아이도 정보를 생산하고 수익을 창출한다. 지금까지 책은 가장 대중적인 정보의 산물이고, 많은 사람에게 영향을 주는 매체이다.

책 읽기는 정보의 소비이지만, 책 쓰기는 정보의 생산이다. 독서가 나를 다른 사람의 의식에 들어가게 한다면, 책 쓰기는 내 의식을 다른 사람에게 집어넣는 일이다. 이를 위해 먼저 자신의 의식에서 충분히 시간을 보내야 한다. 더 많이 자신을 바라보고, 생각하고, 성찰해야 한다. 결국 자신이 정보의 창조자가 되어 세상과 나를 연결하게 한다.

출판사를 통해 정식으로 책이 출간되면 고유번호인 ISBN(International Standard Book Number)이 부여된다.

인터넷 서점에서 책을 검색하면 '도서 정보' 메뉴에 '품목 정보'란에서 확인할 수 있다. 책의 앞이나 뒷면에 소개하는 판권 정보에도 표기되어 있다. 이는 책의 신분증이며 지문과 같다.

ISBN이 부여된 책은 국가 지적 재산으로 등록되고, 세계 지적 유산으로 인정받는다. 국제 표준 도서 번호이기 때문이다. 그래서 그 책은 국립중앙도서관의 열람실과 지하 서고에 영구 보관된다. 그래서 앞으로 세상은 'ISBN이 있는 사람과 없는 사람으로 나누어진다'라는 말을 하기도 한다.

세상에 공헌

필자의 인생은 책 쓰기 전과 책 쓴 후로 나눌 수 있다. 입시가 생명인 인문계 고등학교에서 계속 근무하면서 수업 방법에 대해 고민했고, 수업 방황 끝에 만난 하브루타로 수업에서 행복을 느꼈다. 그것은 교사만의 행복이 아닌 아이들의 표정에서 느낀 행복이었다. 수업 과정을 그대로 옮긴 것이 벌써 여러 권의 책이 되었다.

심리학자 아들러(Alfred Adler)는 "타인과 세상에 공헌하지 않은 인생을 두고 위대한 인생이라 할 수 없다"라고 했다. 책 쓰기 과정에서 더 많이 배울 수 있고, 그 책이 누군가를 변화시키기도 한다. 필자도 고(故) 전성수 교수님과 고현승 선생님이 함께 쓴 『질문이 있는 교실』을 통해 하브루타를 만났고, 수업이 바뀌었다. 또 필자의 책을 통해 누군가는 변한다. 이는 인터넷에서 필자의 책을 검색해보면 바로 알 수 있다.

아울러 300여 회 강연에서 느낀 동료 교사들의 응원과 인터넷 후기를 보면서 많은 사람에게 선한 영향력을 미쳤음에 감사한다. 그리고 지금 이 책을 통해 누군가의 책 쓰기에 용기와 도움을 주기를 바란다. 필자는 책을 쓰면 좋은 점을 다음과 같이 정리했다.

1. 많이 배운다.

2. 최고의 학위이고 자격증이다.

3. 다양한 전문가와 인맥이 쌓인다.

4. 몰입을 통해 성장한다.

5. 최고의 퍼스널 브랜딩이다.

1. 많이 배운다

최고의 공부법

책 쓰기는 가장 좋은 공부법이다. 책을 쓴다는 것은 자신의 지식과 삶을 나누는 일이기도 하지만, 그 분야에 대해 더 깊이 공부하는 과정이다. 변화 경영 전문가인 구본형은 "알기 때문에 쓰는 것이 아니라 쓰기 때문에 참으로 알게 된다. 책을 쓴다는 것은 가장 잘 배우는 과정 중의 하나이다"라고 말한다. 그래서 책 쓰기를 결심하면 먼저 해야 하는 것이 공부이다. 실제 책을 쓰는 시간보다 다른 책을 읽고 공부하는 시간이 더 많다.

자기 생각과 체험만으로 책을 쓰는 경우는 거의 없다. 다른 사람의 책이 생각의 도구가 되고, 아이디어를 얻는 수단이 된다. 책 내용이 마중물이 되어 내 안에 깊숙이 숨어있던 창의성과 아이디어를 끌어낸다. 읽으면서 평소에는 생각지도 못했던 아이디어가 번뜩이기도 한다.

『대통령의 글쓰기』 작가인 강원국은 글쓰기 강연에서 "글은 아는 만큼 잘 쓴다"라고 말한다. 너무나 당연한 말이다. 누구나 자신이 가장 잘 아는 분야에 관해 책을 쓴다. 그런데 책을 쓰다 보면 놀라운 일이 생긴다. 자신이 알고 있는 분야에 대해 더 많이, 더 잘 알게 된다는 것이다.

필자는 첫 번째 책인 『얘들아, 하브루타로 수업하자!』를 쓰면서 다양한 하브루타와 토론 수업 책을 읽었다. 다른 사람이 쓴 책을 통해 하브루타와 토론 수업에 대해 더 깊이 알게 되었고, 그중 일부는 내 수업에 적용했다. 그리고 수업은 다시 원고가 되어 책에 소개했다.

두 번째 책인 『하브루타로 교과수업을 디자인하다』를 쓰면서 여러 과목의 하브루타 수업 사례를 소개하고 싶었다. 하브루타 수업을 하는 전국의 여러 교사를 수소문했고, 수업 사례와 지도안, 활동지를 부탁드렸다. 이를 통해 과목별 수업 사례 15가지를 책에 소개하여 어떤 과목에서도 하브루타 수업이 가능함을 입증했다. 물론 이 과정에서 가장 많이 배운 사람은 필자였다.

세 번째 책인 『하브루타 4단계 공부법』을 쓰기 위해서는 노벨상 200명을 배출한 유대인 공부법과 강성태, 박철범 등 우리나라 공신들의 책을 두루 읽었다. 그리고 효율적인 공부법을 연구하는 뇌과학과 인지심리학책을 읽었다. 아울러 EBS 공부 관련 프로그램을 섭렵했다. 하브루타와 인지심리학, 우리나라 공신들의 공통점을 찾아내어 우리나라 교육 환경에 맞는 하브루타 4단계 공부법을 개발했다.

네 번째 책인 『메타인지 수업』 책을 쓰면서는 수업에서 할 수 있는 설명하기, 백지 쓰기, 질문하기, 테스트 사례를 찾기 위해 시중에 나와 있는 놀이 수업 관련 책 대부분을 읽었다. 놀이 수업은 모두 초등학교 교사가 쓴 책이어서 중고등학교에 맞지 않아, 고등학교에 맞게 개발해서 수업에 적용했다.

이처럼 책을 쓰는 과정에서 앎의 내용이 깊어지고, 지식의 폭을 넓혔다. 왜냐하면 모든 지식은 다른 지식, 그리고 삶과 연결되어 있기 때문이다. 결국 많이 아는 사람이 더 좋은 글을 쓰게 된다. 그리고 책을 쓰면서 더 많이 알게 된다.

또한, 한 분야의 전문성은 다른 분야로 쉽게 확장된다. 필자는 하브루타 수업으로 시작해서 공부법으로 확장했고, 이를 메타인지와 연결했다. 그리고 그동안의 책 쓰기 경험을 정리해서 책 쓰기 작가로 영역을 넓혔다. 이런 과정은 나에게 어떤 연수나 강의보다 더 많은 배움을 주었다. 그래서 책 쓰기는 가장 효율적인 공부법이다.

메타인지 향상

책 쓰기는 지식과 정보를 인출하는 활동이다. 효율적인 공부법을 연구하는 인지심리학에서는 메타인지를 강조한다. 메타인지란 내가 아는 것과 모르는 것을 구분하는 능력이다. 이를 높이기 위해서는 설명하기, 기억해서 쓰기, 질문하기 등의 인출 공부가 필요하다. 이는 기억을 단단하게 하고 모르는 것을 알게 한다.

책 쓰기는 최고의 인출 활동이고, 메타인지 능력을 키우는 좋은 방법이다. 입력한 내용을 원래 문장 그대로 출력하는 것과는 차원이 다르다. 한 권의 책을 쓰기 위해 자신의 지식과 경험을 모두 출력해야 한다. 단순한 출력이 아닌, 알고 있는 지식과 체험을 자기 생각과 연결하고 재구성해야 한다. 그리고 종합해서 정리해야 한다.

그냥 읽는 것과 책을 쓰기 위해 읽는 것은 다르다. 독서는 입력이지만 책 쓰기는 출력이다. 독서를 통해 많이 배우기도 하지만, 그냥 흘려보내는 문장도 많다. 하지만 책 쓰기는 입력되거나 체험된 지식이 생각에 생각을 거쳐서 글로 탄생하는 출력 활동이다. 따라서 한 문장 한 문장 만들어지는 것이 마치 장인의 손에서 예술품이 만들어지는 과정과 같다. 도공이 가마에서 구운 도자기를 가차 없이 깨뜨리는 것처럼, 책 쓰기 과정에서 수많은 문장을 만들고 부수기를 반복한다. 이런 과정을 통해 한 권의 책이 완성된다.

이처럼 책 쓰기는 공부하는 과정이었고, 그렇게 알게 된 것을 수업에 적용했다. 그리고 수업은 다시 원고가 되어 책으로 나왔다. 책을 쓰다 보면 궁금한 것이 계속 생기고, 내가 모른다는 사실을 깨닫게 된다. 궁금한 것을 해결하기 위해 또 책을 읽고, 유튜브를 찾아보면서 새롭게 하나하나 알아 나간다. 책 쓰기는 수동적 공부가 아닌 능동적 공부이고, 외우는 공부가 아닌 문제를 해결하는 공부이다.

2. 최고의 학위이고 자격증이다.

방송 출연

저자가 되는 순간 그 분야 최고의 전문가로 인정받는다. 박사 학위를 받더라도 대중적인 내용이 아니면 관계된 일부 사람만 그 사실을 알게 된다. 어렵게 쓴 박사 논문이라 할지라도 대부분 소수 연구자나 교수들에게만 알려진다. 자격증도 관련된 일을 할 수 있는 조건을 갖추게 하는 것이지, 실제로는 그 사람의 역량이 더 중요하다. 하지만 저자라는 타이틀은 학위나 자격증보다 강력하게 많은 사람에게 최고의 전문가임을 인정받고 알리는 수단이 된다. 이는 강의 요청을 통해 입증된다.

필자가 첫 번째 책인 『얘들아, 하브루타로 수업하자!』를 쓰고 얼마 지나지 않아 전국의 여러 학교로부터 강의 요청이 왔다. 울산에 사는 터라 강원도나 전라도에 있는 학교의 요청은 부득이하게 응하지 못했다. 하지만 코로나19 이후 오히려 전국에서 학교와 도서관의 강의 요청이 늘어났다. 비대면 연수가 보편화되었기 때문이다. 특히, 『메타인지 수업』 출간 이후 일반 시민을 대상으로 여러 도서관에서 강의 요청이 들어왔고 교육잡지에도 내용이 연재되었다.

KBS '이슈와 사람' 프로그램에 40분간 단독 출연해서 인터뷰와 수업 장면을 방송했고 TBN 교통방송에도 출연했다. 방송 화면을 편집해서 강연 때 보여주면 청중들이 강사를 보는 눈이 달라진다. 책 한 권이 필자를 전국적인 사람으로 만들었다. 어떤 학위나 자격증보다 영향력이 크다.

선한 영향력

저자가 된 후 가장 보람 있었던 일 중의 하나가 의학서인 『기적의 아낫 바니엘 치유법』에 추천사를 쓴 것이다. 이 책은 뇌 가소성에 바탕을 두고 30년 동안 자폐, ADHD, 발달장애 아이 수천 명의 삶을 바꾼 유대인 뇌과학자 아낫 바니엘의 치료법을 담은 책이다. 『화성에서 온 남자, 금성에서 온 여자』의 저자 존 그레이, 『영혼을 위한 닭고기 수프』의 저자 잭 캔필드, 『기적을 부르는 뇌』의 저자 노먼 도이지가 극찬한 책이다. 필자의 책을 통해 하브루타 수업에 입문한 김윤희 선생님이 번역하면서 추천사를 쓰게 되었다.

다음은 부산에서 독자가 보낸 문자이다. "저는 선생님 집필 책을 다 읽었습니다. 유일하게 현실적용 가능한 내용이어서, 얼마나 감사했는지 모른답니다. 접고, 밑줄하고, 활동지 만들어서 적용하고, 너덜너덜 되었습니다." 필자는 너무 감사한 마음에 독자가 참여하는 독서 모임에 무료 강의를 제안했다. 온라인 강의로 20명 참석했는데, 모두 필자의 책으로 기념사진을 찍었다.

이처럼 저자가 되면 생각지도 못한 사람들에게 알려지고 영향을 준다. 독자로부터 이메일로 질문을 받거나 줌(ZOOM)을 통해 비대면으로 컨설팅을 하는 때도 많다. 이 모든 과정에서 나의 배움이 깊어지고, 배움을 여러 사람과 공유한다. 강연 활동으로 다른 사람에게 영향을 주는 것은 제한적이다. 하지만 책은 훨씬 많은 독자에게 영향을 준다. 그래서 저자가 된다는 것은 전국의 수많은 사람에게 선한 영향력을 행사하는 일이다.

Anat Baniel Method
30년 동안 자폐, ADHD, 발달장애 아이
수천 명의 삶을 바꾸다
기적의
아낫 바니엘
치유법
아낫 바니엘 지음 · 김윤희 옮김 · 백성이 감수
존 그레이, 잭 캔필드, 노먼 도이지가 극찬한 "경이로운 기적의 책"
센시오

3. 다양한 전문가와 교류한다

한국하브루타연합회

저자가 되면 전국의 전문가들과 교류하면서 인맥을 쌓을 수 있다. 이를 통해 더 깊고 넓은 배움의 즐거움을 누릴 수 있다. 공자는 논어 첫 문장에서 "배우고 때로 익히면 또한 기쁘지 아니한가(學而時習之 不亦說乎)"라고 쓰고, 이어서 "벗이 먼 곳에서 찾아오면 또한 즐겁지 아니한가(有朋 自遠方來면 不亦樂乎)"라고 했다. 여기서 벗은 필시 배움의 즐거움을 함께하는 친구일 테다. 필자도 책을 쓴 후, 많은 전문가와 친구가 되어 배움의 즐거움을 나누게 되었다.

필자가 한국하브루타연합회의 교육연구원이 되고, 우리나라 최고의 하브루타 고수들과 교류하게 된 것은 첫 번째 책이 계기가 되었다. 『얘들아, 하브루타로 수업하자!』에서 우리나라 탈무드 최고 전문가인 김정완 선생님의 EBS 강연 내용을 인용했다. 어느 날 모르는 번호로 전화가 왔는데 "안녕하세요. 선생님. 저는 김정완이라고 합니다"라고 했다. 깜짝 놀랐다. 나에게는 유명 연예인 같은 분이었다. 울산에 강연 왔다가 출판사에 전화번호를 수소문해서 연락하게 되었다고 했다. 그날 만나서 한국하브루타연합회를 알게 되었고, 이를 계기로 지금은 한국 하브루타의 최고 전문가들인 양동일, 김혜경, 양경윤, 한은선, 고현승 선생님을 비롯한 수백 명의 하브루타 친구들과 교류하고 있다. 이를 통해 필자에게 하브루타는 단순히 수업 방법이 아니라 삶의 일부가 되었다. 지금도 한국하브루타연합회에서 주관하는 각종 연수에서 강사로 활동

하거나, 강연을 들으면서 배움을 함께하는 네트워크가 계속 늘어나고 있다.

『미래 인재로 키우는 미국식 자녀교육법』의 저자인 김종달 작가를 알게 된 것도 책이 계기가 되었다. 김종달 작가는 이 책을 쓰면서 국내 교육전문가들과의 인터뷰를 담고 싶어 했고, 『얘들아, 하브루타로 수업하자!』를 통해 나를 알게 되었다고 했다. 서울에서 직접 내려와서 오랫동안 인터뷰를 한 내용이 『미래 인재로 키우는 미국식 자녀교육법』에 고스란히 담겨있다. 이후에도 김종달 작가가 울산에 강연이 있을 때면 만나서 식사를 하고, 내 책이 나올 때마다 여러 인터넷 서점에 좋은 서평을 써주고 있다.

김경일 교수 추천사

우리나라 최고의 인지심리학자인 김경일 교수는 네 번째 책인 『메타인지 수업』을 쓰면서 알게 되었다. 메타인지 관련 책을 쓰기로 결심하면서 김경일 교수로부터 추천사를 받고 싶었다. 앞서 출간한 세 권의 책에는 모두 김경일 교수의 책, 인터뷰, 유튜브, 강연을 참고한 내용이 있었다. 이를 인용한 부분에 포스트잇을 붙이고 원고를 제본해서 추천사를 부탁하는 편지와 함께 정중히 보냈다. 교수님으로부터 추천사를 받았을 때의 기쁨은 이루 말할 수 없었다. 이후 교수님이 울산 강연을 왔을 때 참석해서 듣고 울산역까지 배웅하면서 이런저런 이야기를 나누는 소중한 만남을 가질 수 있었다.

이처럼 저자가 되면서 분야 최고의 전문가로 인정받음과 동시에 다른 전문가들과 교류하게 되었다. 이를 통해 배움의 깊이와 폭이 넓어지고, 배움을 나누는 과정에서 더 큰 기쁨을 누리고 있다.

4. 몰입을 통해 성장한다

몰입의 과정

한 권의 책을 쓰기 위해 반드시 몰입의 과정이 필요하다. 글감이 떠오르지 않아 며칠을 고민할 때도 있지만, 어떨 때는 여러 페이지를 한 번에 쓸 때도 있다. 그때가 바로 몰입의 시간이다. 마라토너들이 러너스 하이의 행복감 때문에 힘든 운동을 계속하는 것처럼, 글쓰기를 하면서 느끼는 몰입은 어떤 만족감보다 크다.

몰입은 집중력이 최대화된 정신 상태이다. 『몰입』의 저자 황농문 서울대 교수는 "몰입이 잠재된 두뇌 능력을 첨예하게 일깨워 능력을 극대화하고, 삶의 만족도를 최고로 끌어올리는 방법"이라고 이야기한다. 책을 쓸 때는 한 글자 한 글자, 한 문장 한 문장에 집중하고 온 힘을 기울여야 한다. 때로는 머릿속으로만 맴돌고 글자로 표현되지 않는 상황에서 며칠을 고민하기도 한다. 책 쓰는 모든 과정이 몰입일 수는 없지만, 이러한 몰입의 경험 없이는 한 권의 책이 완성될 리 없다.

국문학자 정민 교수는 『다산선생 지식 경영법』을 쓸 때의 경험을 다음과 같이 말한다. "안식년의 절반 이상을 오롯이 다산을 위해 바쳤다. 작업을 시작한 뒤로는 다른 일은 아무것도 흥미가 없었다. 매일 하던 운동도, 붓글씨 연습도 시들해졌다. 길을 가면서도 다산만 생각하고, 밥 먹으면서도 다산만 떠올렸다. 생각들이 걷잡을 수 없이 쏟아져나와 정보들끼리 부딪치며 정리되었다. 생각이 고갈되면 저 원두(源頭)로부터 신선한 물줄기가 다시 차올라오는 것을 느꼈다. 꽉 막혀 더 나갈 수 없을 때는 책 속의 다산이 길을 일러주었다”

책을 쓰면서 완전히 몰입에 빠진 모습을 보여준다. 다산에 관한 책을 쓰는 동안 평소에 즐기던 모든 일이 시들해지고, 오로지 다산에 빠져 살고, 막힐 때는 다산의 책을 읽으면서 다시 길을 찾는 모습이다. 이러한 몰입 과정이 다산 정약용 관련 최고의 명저인『다산선생 지식 경영법』을 탄생시킨 것이다

성장의 과정

필자도 책을 쓰는 동안은 모든 오감이 책으로 연결되는 경험을 한다. 드라마를 보다가, 길을 걷다가, 자려고 침대에 눕다가, 책을 보다가 문득 아이디어가 떠오른다. 이때 바로 메모해야 한다. 스마트폰을 꺼내 떠오른 생각을 기록하면 이것이 원고가 된다.

책을 쓰는 동안 뇌는 항상 책과 관련된 일을 하고 있다는 것이다.

파울로 코엘료가『연금술사』에서 한 유명한 이야기가 있다. “자네가 무언가를 간절히 원할 때, 온 우주는 자네의 소망이 실현되도록 도와준다네.” 책 쓰기에 몰두하게 되면 생각지도 않았던 주변의 여러 상황이 책 쓰기를 도와준다. 필자가 이 책 원고를 쓰면서 퇴고에 대해 생각하고 있을 때였다. 필자는 처음에는 생각나는 대로 모두 쓴 후, 마지막 교정 단계에서 하나하나 덜어내는 일을 한다. 조금이라도 불필요한 내용, 중복된 표현은 삭제한다. 지우면 오히려 의미가 명확해지기 때문이다.

이러한 덜어내기에 대한 표현을 생각하던 중 우연히 병원 화장실에서 생텍쥐페리의 다음 문구를 보았다. “더 이상 추가할 것이 없을 때가 아니라, 더 이상 뺄 것이 없을 때 완벽함이 성취된다.”

내 생각을 군더더기 없이 표현한 글이었다. 이 내용을 원고에 그대로 인용했다. 이처럼 책을 쓰는 동안은 하는 일, 보는 것이 모두 책과 연결된다. 책 쓰는 동안에 이처럼 뇌는 늘 일하고 있고, 우주가 책 쓰기를 돕는다.

이렇게 한 권의 책이 완성되어 내 손에 도착했을 때의 기쁨과 성취감은 이루 말할 수 없다. 다시 읽다 보면 '내 머리에서 어떻게 이런 표현이 나왔지?'라며 스스로 감탄할 때도 있다. 책을 쓰면서 내가 할 수 있는 모든 생각을 하고, 내가 했던 모든 것을 끄집어내고, 내가 할 수 있는 모든 공부를 하게 된다. 그래서 책을 쓰는 모든 과정은 성장의 과정이다.

최고의 자기 계발

책 쓰기는 최고의 자기 계발이다. 책 쓰기는 많이 읽고, 많이 생각하고, 많이 쓰는 과정이다. 구양수의 삼다(三多)인 다독(多讀), 다상량(多商量), 다작(多作)을 저절로 하게 되니 어찌 성장하지 않을 것인가?

자기 계발서를 백 권 읽는 것보다 책 한 권을 직접 쓰는 것이 훨씬 자기 계발에 도움이 된다. 책을 쓰면서 때로는 한계를 만난다. 문장이 술술 나올 때도 있지만 어떨 때는 며칠을 고민해야 한다. 이런 과정을 극복하면서 성취감을 얻고 발전하는 것이다. 이처럼 한 권의 책이 완성되는 과정은 몰입하고 성장하는 과정이다.

5. 최고의 퍼스널 브랜딩이다

최고의 이력서

책은 최고의 이력서이고, 가장 두꺼운 명함이다. 독서가 타인의 지식과 경험을 내 안에 집어넣고 품는 일이라면, 책 쓰기는 내 지식과 경험을 끄집어내어 나를 세상에 알리는 일이다. 저자라는 사실만으로 뭔가를 이룬 사람으로 대우받고 부러움의 대상이 되기도 한다. 그런 의미에서 책은 자신을 홍보하는 최고의 수단이고, 퍼스널 브랜딩 도구이다.

퍼스널 브랜딩이라는 용어는 20여 년 전 톰 피터스가 '당신이라는 브랜드(A Brand Called You)'라는 기사를 잡지에 쓰면서 알려졌다. 다음 백과사전에서는 퍼스널 브랜딩을 '자신을 브랜드화하여 특정 분야에 대해서 먼저 자신을 떠올릴 수 있도록 만드는 과정'이라고 정의한다.

인간에게 생존에 관한 욕구를 제외하면, 타인에게 인정받는 것이 가장 강한 욕구 중 하나이다. 그런 의미에서 책은 타인에게 인정받는 가장 확실한 수단이다. 저자라는 경력은 사람들에게 자신을 유능한 사람으로 인식하게 한다. 필자는 하브루타와 메타인지 분야에서는 이미 퍼스널 브랜딩을 이루었다.

『여자의 모든 인생은 20대에 결정된다』의 작가 남인숙은 유튜브 '책을 쓰고 싶다면 꼭 알아야 할 세 가지'에서 다음과 같이 말한다. "내가 책을 쓰기도 하지만 책이 나를 만들기도 한다." 그녀는 세상에 대한 궁금증이 많았고, 자신이 찾은 것을 글을 통해 나누고 싶어서 작가가 되었다고 고백한다. 이처럼 책은 이전의 나와는 다른 나를 만들고 세상에 나의 존재를 알리는 최고의 방법이다.

책은 다양한 기회를 제공한다. 필자는 전국의 교사와 학부모, 학생뿐만 아니라 대학에서도 강연 활동을 했다. 또한, 출판사로부터 학생 대상으로 메타인지 관련 책의 집필을 요청받은 상태이다. 이제 이 책을 통해 '책 쓰기' 분야의 퍼스널 브랜딩을 하고 있다. 지금 또 다른 나의 브랜드를 만드는 중이다.

포털사이트에서 '수석교사 이성일'을 검색하면 이제껏 쓴 책과 함께 수많은 기사와 포스팅이 뜬다. 예스24에서 이름을 검색하면 국내 작가, 인문/사회 저자로 등록되어 있으며 소개와 함께 이제껏 집필한 모든 책이 안내된다. 이 모든 것이 나의 브랜드이고 마케팅이다. 돈을 써서 홍보하는 것이 아니라 인세를 받으면서 자신의 가치를 홍보하는 것이다.

정체성 확립

누구나 다양한 분야에서 자신을 브랜딩하는 세상이 되었다. 유튜브, 블로그, 인스타그램을 통해 많은 사람이 자신을 세상에 알린다. 한 분야의 덕후가 되어 자신이 즐기는 내용을 꾸준히 업로드하는 것만으로도 유명인이 되고 수익을 올린다. 유튜브에서 어린아이가 선물 포장을 뜯는 것만으로 엄청난 구독자와 조회 수를 만들어 수익을 창출하기도 한다.

책은 자신을 가장 잘 표현하고 드러내는 수단이다. 카카오 브런치 글쓰기 공모전에서 대상을 받은 손화신 작가는『쓸수록 나는 내가 된다』에서 나를 알기 위해 글을 쓰라며, 쓰기의 본질은 자아

확립 과정이라고 말한다. 글쓰기는 자신과 마주하는 일이다. 쓰면 쓸수록 자신과 대화하고 내면을 성찰한다. 그만큼 자신을 알아가는 과정이며, 표현하는 일이다.

책을 읽고 강의를 듣는 것만으로 자기 정체성이 만들어지지 않는다. 자신이 한 말과 쓴 글이 바로 자신이고 정체성이다. 그런 의미에서 짧은 글이 아닌, 한 권의 책을 썼다는 것은 자기 정체성을 가장 잘 확립하고 드러내는 일이다.

한 권의 책에는 저자의 모든 것이 담겨 있다. 그 분야에 대한 경험, 생각, 배움, 인생, 가치관이 담겨야 한 권의 책이 탄생하기 때문이다. 따라서 책을 읽는다는 것은 저자의 인생을 읽는다는 것이고, 저자 입장에서는 세상에 자신의 모든 것을 내보이는 일이다.

책과 유튜브

요즘 유튜브가 효과 있는 퍼스널 브랜딩의 수단이다. 그런데 구독자와 조회 수가 많은 유튜버는 대부분 작가인 경우가 많다. 예를 들어 유튜브에서 '메타인지'를 검색하면 리사 손 교수, 김경일 교수, 정재승 교수 등이 나온다. 이들은 모두 베스트셀러 작가다. 그리고 『나는 무조건 합격하는 공부만 한다』의 이윤규 변호사, 『나는 꿈에도 SKY는 못 갈 줄 알았다』의 조남호 작가, 『메타인지, 생각의 기술』의 오봉근 저자, 『완벽한 공부법』의 고영성 작가 등이 검색된다. 이는 유튜브의 가장 좋은 소재가 작가가 쓴 책 내용이며 책은 유튜브 조회 수를 높이는 좋은 수단이라는 증거이다. 즉, 책과 유튜브는 서로 상승효과가 있다.

그래서 필자도 유튜브에 도전하려고 한다. 하브루타, 메타인지, 책 쓰기를 주제로 채널을 운영할 생각이다. 이미 6권의 책 속에는 수많은 콘텐츠가 있다. 콘텐츠에 강연 경험을 담아 유튜브를 운영하면 쉽게 접근할 수 있다. 유튜브를 통해 수익을 창출하는 것이 목표는 아니다. 책을 통한 퍼스널 브랜딩을 유튜브를 통해 더 확대하는 것이 목표이다.

2장. 책을 쓰게 된 과정

목표가 아닌 과정

많은 사람의 버킷리스트가 책을 쓰는 것이다. 하지만 필자는 첫 번째 책을 쓰기 전까지 책 쓰기에 대한 로망은 없었다. 책을 쓴다는 것은 유명 작가나 하는 일로 생각했다. 필자에게 책 쓰기는 한 번도 목표였던 적이 없다. 늘 과정이었다. 다른 사람의 수업에서 배우는 과정, 수업 내용을 모두 정리하는 과정, 나보다 앞서 책을 쓴 사람들을 통해 배우는 과정이었다.

책을 쓰다가 슬럼프로 몇 달 동안 펜을 내려놓기도 했다. 그러다 문뜩 '마무리는 해야지'라는 생각이 들면, 관련 책을 다시 읽거나 유튜브를 보았다. 그러면 막혔던 물꼬가 터지는 듯 생각이 글로 터져 나왔다. 휴식이 있었기에 가능한 일이었다. 그런 과정에서 얻는 즐거움과 유익함이 여섯 권의 책을 쓸 수 있었던 힘이었다. 다음은 필자가 6년 동안 1년에 책 한 권씩 쓴 과정을 요약한 것이다.

2017년

23년 동안 강의 수업만으로 꽤 잘 가르치는 교사라 자족하며 살았다. 하브루타 책을 읽고 이제까지 못난 교사였음을 깨달았다. 당시 고3 수업을 담당하고 있었다. 50분 중 30분은 강의를 했다. 남은 시간은 질문을 만들어 토론하게 하거나 외울 내용이 많은 단원은 친구 가르치기를 시켰다. 2년간 고3 수업 사례를 담아 첫 번째 책 『애들아, 하브루타로 수업하자!』가 나왔다.

2018년

신선여고로 옮겼다. 여학생과 남학생 수업은 확연히 달랐다. 훨씬 생동감 있는 하브루타 수업을 했다. 수업마다 새로운 아이디어가 떠올랐고, 매 수업 아이들은 즐거움 속에 배움의 시간을 가졌다. 그렇게 신선여고 아이들과의 수업이 모여 두 번째 책 『하브루타로 교과수업을 디자인하다』가 나왔다.

2019년

하브루타 문화협회에서 교육연구원들이 각자의 사례를 담아 공동으로 책을 쓰기로 했다. 가정 하브루타에서 시작해 유치원, 초중등 교사는 물론 대학교수, 학원 강사까지 동참했다. 필자는 하브루타로 수업 방황을 끝낸 사례를 담아 세 번째 책 『하브루타 네 질문이 뭐니?』(공저)가 나왔다.

2020년

수업에서 질문하고 친구에게 설명하는 과정이 공부법이 되어 성적이 오르고 공부 즐거움을 깨달은 학생을 보게 되었다. 인지심리학, 뇌 과학, 가장 성공적인 공부 성과를 보인 유대인, 강성태를 비롯한 우리나라 공신들의 공부법을 두루 읽고 공통점을 발견했다. 바로 인출(引出) 공부이다. 그 내용을 담아 네 번째 책인 『하브루타 4단계 공부법』이 나왔다.

2021년

인출 공부는 설명하기, 백지 복습, 질문하기, 테스트하기를 통해 아는 것의 기억을 강화하고, 모르는 것을 깨닫게 한다. 그것이 바로 메타인지를 높이는 방법이다. 그래서 놀이 수업을 연구하고 적용해서 수업에서 바로 복습이 이루어지는 활동 63가지를 담아 다섯 번째 책인 『메타인지 수업』을 출간했다.

2022년

책 쓰기가 버킷리스트인 사람들을 작가로 안내하는 책을 쓰고 싶었다. 다산이 500권의 책을 쓴 과정과 필자가 5권의 책을 쓴 과정에서 공통점을 발견했다. 좋은 문장은 베껴 쓰고, 떠오르는 생각은 기록하는 것이었다. 그래서 여섯 번째 책 『책 쓰기, 버킷리스트에서 작가가 되다』가 나왔다.

이 장에서는 공저를 제외한 다섯 권의 책을 쓴 과정을 정리하고자 한다. 다섯 가지의 다른 사례와 경험을 통해 책 쓰기에 도전하는 사람들이 '나도 할 수 있겠구나'라는 용기를 갖게 되기를 바란다.

1. 말을 글로 옮기다. 『얘들아, 하브루타로 수업하자!』

2. 모든 수업이 책이 되다. 『하브루타로 교과수업을 디자인하다.』

3. 하브루타는 수업법이 아니고 공부법이다. 『하브루타 4단계 공부법』

4. 하브루타가 메타인지를 올린다. 『메타인지 수업』

5. 새로운 영역에 도전하다. 『책 쓰기, 버킷리스트에서 작가되기』

1. 말을 글로 옮기다. 『얘들아, 하브루타로 수업하자!

수업을 배우다

첫 번째 책은 필자의 수업과 교사 대상 강의 내용을 그대로 글로 옮긴 책이다. 수업에서 하브루타와 다양한 학생 참여 활동을 적용했고, 그 사실이 인근 학교에 알려지면서 강의 요청이 들어왔다. 강의를 위해서라도 좀 더 다양한 학생 참여 수업을 연구하고 실천했다. 그러던 중 '강의 내용을 그대로 글로 옮기면 책이 될 수 있겠다'라는 생각이 들었다. 당시만 해도 학생 참여 수업 관련 책은 초등학교 교사들이 쓴 책이 대부분이었고, 중고등학교의 수업 사례를 담은 책은 흔하지 않았다. 그래서 강의했던 말을 그대로 글로 옮겼다. 이렇게 첫 번째 책인 『얘들아, 하브루타로 수업하자!』가 출간되었다.

필자는 31년 차 윤리 교사이다. 23년 동안 강의 수업만 했다. 입시가 중요한 인문계 고등학교에서 계속 근무한 탓도 있지만, 당시에는 강의 수업이 일반적인 수업 형태였다. 그런데 2015년 KBS에서 방영한 '거꾸로 교실'이 이슈가 되었고, 마침 새로 바뀐 교육과정도 학생 참여 수업을 강조했다. 학교에서 교실 수업 개선이 화두가 되었다.

마침 그때 필자는 수석교사가 되었다. 평생 강의 수업만 하다가 내 수업을 먼저 바꾸어야 했다. 수업 관련 연수를 닥치는 대로 받았다. 거꾸로 교실뿐만 아니라 배움의 공동체, 토의 · 토론 수업, 협동 학습 등 다양한 연수를 받았지만, 고3 수업을 담당하던

차에 쉽게 적용할 수 있는 모형은 없었다. 거꾸로 교실은 매 수업 동영상을 만드는 것이 부담이었고, 수업도 안 듣는 아이들이 동영상을 미리 보고 올까에 대한 의구심도 있었다.

'한 명의 아이도 소외되지 않는다'라는 사토 마나부 교수의 배움의 공동체도 수업마다 점프 과제를 디자인하는 것이 힘들게 보였다. 어떤 학생 참여 수업이든지 수업 내용에 맞는 적절한 학생 활동을 매 수업 설계한다는 것 자체가 난관으로 여겨졌다. 정말 많은 교실 모습을 바꾼 좋은 수업이긴 하지만 나에겐 맞지 않았다.

마침 근무하던 학교에서 젊은 사회 교사가 토론 수업을 많이 한다는 것을 알게 되었다. 찾아가서 "선생님 수업을 배우고 싶다"라고 말하고 수업 참관을 부탁했다. 다행히 선생님은 수업에 대해 열린 마인드를 갖고 있었고, 언제든지 와서 보라고 말해주었다. 몇 달 동안 수시로 수업을 참관했다. 그 교사의 수업을 그대로 내 수업으로 옮길 수 있는 경우는 많지 않았다. 하지만 수업 참관을 통해 떠오른 아이디어들이 학생 참여 수업을 처음 시작하는 나에게 큰 도움이 되었다. 덕분에 그해 겨울방학 방과 후 수업은 모든 수업을 학생 참여 수업으로 진행할 수 있었다.

하브루타를 만나다

그러던 중 전성수 교수와 고현승 선생님이 쓴 『질문이 있는 교실』이라는 하브루타 수업 책을 보면서 무릎을 쳤다. 이거다 싶었다. 굳이 따로 연수를 받지 않아도 바로 수업에 적용할 수 있을 것 같았다. 50분 내내 강의로만 수업하다가 설명을 30분으로 줄

였다. 남은 시간에 질문을 만들어 토론하게 하고, 친구에게 설명하기 활동을 했다. 학생들은 질문을 만드는 과정에서 책을 집중력 있게 보게 되었다. 그리고 외우는 공부가 아닌, 생각하는 공부를 하게 되었다. 친구에게 설명하는 과정에서 자신이 아는 것과 모르는 것을 구분하는 메타인지를 높이게 되었다.

교사의 설명을 줄이는 대신 학생들이 생각하고 말하게 했다. 고3 교실에서 하는 학생 참여 수업이었지만, 진도나 입시에 전혀 문제가 없었다. 학생들은 질문하고 말하는 과정에서 저절로 복습하게 되었다. 질문을 해결하는 과정이 학교생활기록부의 세부능력 및 특기사항에 기재되었고 자기소개서에도 쓰였다. 하브루타는 사고력을 중시하는 수능은 물론, 학생 활동을 중시하는 수시모집에도 도움이 되는 수업이었다.

하지만 필자의 하브루타 수업 사례로만 책 분량이 채워지지 않았다. 고3 수업에서 적용 가능한 수업 모형에 한계가 있었다. 그래서 다양한 토의 · 토론 수업, 생활기록부에 도움을 주는 수업, 저절로 복습하는 수업, 융합 수업 등의 사례를 묶어 첫 번째 책이 탄생했다.

필자의 하브루타 수업, 참관했던 수업 중에 일반화할 수 있는 사례, 전문적 학습공동체 교사들과 함께 설계하고 실천한 융합 수업 사례로 엮었다. 평소 강의 내용을 그대로 글로 옮긴 내용이라서 목차 작성이 쉬웠다. 불과 21일 만에 초고가 완성되었다.

애들아,
하브루타로
수업하자!
질문하고, 토론하고,
융합하며 성장하는
참여 수업의 힘
"매일 수업 시간에 졸던 학생들이
적극적으로 수업에 반응하기 시작했다."
이성일 지음

2. 모든 수업이 책이 되다. 『하브루타로 교과수업을 디자인하다』

다양한 수업 모형 개발

첫 번째 책은 하브루타 외의 다양한 수업 사례를 함께 담았다. 이에 비해 두 번째 책은 오로지 하브루타로만 채웠다. 첫 번째 책에 나의 모든 수업 사례를 담았으므로 더 이상 새로운 책을 내겠다는 생각은 전혀 하지 않았다. 그런데 내 수업이 다양한 토의 · 토론 수업에서 점차 하브루타로만 옮겨지고 있었다. 전성수 교사가 만든 기본 모형인 질문 하브루타, 친구 가르치기, 비교 하브루타, 문제 만들기 하브루타, 논쟁 하브루타에다가 나만의 아이디어를 포함하니 새로운 수업 모형이 만들어졌다. 그리고 기본 모형에 바탕을 두고 다양하게 응용하는 수업이 매시간 진행되었다.

마침 그 당시 정규 수업 이외에도 방학 중 계절학기 논술 수업, 방과 후 심화 수업, 소인수 선택과목 수업을 운영하였다. 이런 수업은 희망 학생만 수업 신청을 하고 비교적 성적이 우수한 학생들로 이루어진다. 그리고 10~16명 정도의 소수 인원으로 수업이 개설되어서 하브루타를 적용하기에는 최고의 조건이었다.

또한, 근무지를 남자 고등학교에서 신선여고로 옮겼다. 여학생들은 남학생보다 훨씬 적극적으로 하브루타 수업에 참여했다. 필자는 하브루타를 하면서 놀이 수업에도 관심을 두었다. 다양한 놀이 수업과 하브루타를 결합하니 새로운 수업 모형이 만들어졌다.

이처럼 두 번째 책은 모든 수업이 그대로 책의 원고가 되었다. 수업에 대해 더 많이 고민하게 되었고 다양한 수업을 진행하게 되었다. 이 모든 것을 하브루타 수업 기본 모형 7가지, 응용 사례

20가지로 정리했다.

더불어 좀 더 많은 교사에게 도움을 주고 싶어 과목별 수업 사례 15가지를 담았다. 전국의 하브루타 고수들에게 연락해서 책의 취지를 설명하고 지도안을 부탁했다. 감사하게도 모든 선생님이 흔쾌히 수업을 공유해주셔서, 필자의 수업에서 부족한 점을 메울 수 있었다.

입시에도 하브루타

무엇보다 하브루타가 수능과 입시에 도움을 주는 수업임을 증명하고 싶었다. 그래서 〈하브루타로 입시 준비하기〉 장을 따로 만들었다. 하브루타 수업이 학생부 종합 전형에서 강조하는 과목별 세부능력 및 특기사항 기록과 자기소개서 작성에 도움을 주는 수업임을 안내했다. 질문을 만들고 토론하는 과정에서 학생들은 지식을 습득하고, 친구에게 설명하는 과정에서 저절로 복습이 되면서 수능에 도움을 준다.

서울대학교에서 소개한 자기소개서 우수 사례를 보면 모두 배운 내용에서 호기심을 가지고 질문을 해결하는 과정이 쓰여 있었다.

학교에 하브루타를 도입 후 입시에 놀라운 결과를 낸 벌교 고등학교 사례도 담았고, 거기에 더하여 EBS 교재를 친구 가르치기 방법으로 풀이하는, 필자가 개발한 문제 풀이 하브루타 모형을 안내했다.

원래 책의 마지막 장을 〈하브루타를 위한 아이스 브레이크 활동〉으로 해서 13가지의 수업 놀이를 포함했으나 마지막 편집 과정에서 콘셉트의 통일성과 분량 문제로 빠지게 되어 매우 아쉬웠다. 그런데 이 원고의 일부는 네 번째 책인『메타인지 수업』에서 활동 사례로 활용하게 된다. 그리고 이때 공부한 수업 놀이 관련 내용이 네 번째 책을 쓰게 된 동기가 되었다.

3. 하브루타는 공부법이다. 『하브루타 4단계 공부법』

하브루타와 인지심리학

하브루타를 통해 공부에 흥미를 잃었던 학생이 질문하고 친구에게 설명하면서 공부의 재미를 알게 되고, 수업에 적극적으로 참여하는 모습을 보았다. 이러한 경험으로 하브루타를 스터디 활동에 적용하고, 질문하기와 설명하는 공부법을 통해 성적이 오르는 사례도 보아 왔다.

이를 통해 하브루타는 수업법이 아니고 유대인의 공부법이었음을 생각하게 되었다. 이전 두 권의 책은 대상 독자가 교사나 학원 강사이다. 모두 수업 방법과 사례에 관한 책이기 때문이다. 그래서 학생과 학부모를 대상으로 공부법에 관한 책을 쓰기로 결심했다. 기존 하브루타 책들은 대부분 수업 방법이나 독서 하브루타에 관한 내용이었고, 구체적인 공부법으로 접근한 책은 없었다. 그렇게 하브루타를 우리나라 실정에 맞게 재구조화한 『하브루타 4단계 공부법』이 탄생하게 된다.

유대인 공부법을 그대로 우리 현실에 적용할 수는 없었다. 공부는 사회 문화의 산물이기 때문이다. 특히, 하브루타는 단순한 공부법이 아니라 토라와 탈무드를 연구하는 종교적 행위이기도 했다. 이를 위해 우리나라에 나온 유대인과 하브루타에 관한 책을 거의 섭렵했다. 앞서 두 권의 하브루타 수업 책을 쓰면서 참고한 책을 다시 읽고 정리했다. 미처 읽지 못했던 유대인 관련 책을 읽었다. 그리고 강성태, 박철범 등 공신의 공부법에 관한 책을 100여 권 읽었다. 또한, 효율적인 공부법에 관해 연구하는 인지심리학과 기억 관련 메커니즘을 연구하는 뇌 과학책을 두루 섭렵했다. 여기에 EBS 〈공부의 달인〉 프로그램을 포함해서 공부 관련 다큐멘터리를 100여 편 분석했다.

인출 공부

우리나라 공신들의 공부와 유대인 공부법에서 공통점을 발견했다. 그것은 인지심리학에서 강조하는 효율적인 공부법과도 정확히 일치했다. 바로 인출 공부였다. 인지심리학에서는 단순 반복보다 기억에서 끄집어내는 인출 활동이 훨씬 장기 기억에 도움을 준다고 말한다. 대표적인 인출 방법으로 '설명하기', '기억해서 쓰기', '셀프 테스트', '질문하기'가 있다. 이를 어려서부터 탈무드를 낭독하고, 커서는 질문하고 토론하는 하브루타와 접목했다. 특히, 설명하기와 질문하기는 인지심리학의 인출과 하브루타 토론의 공통분모였다. 이것을 공부 순서대로 재구조화한 것이 '하브루타 4단계 공부법'이다.

1단계 낭독하기 - 2단계 설명하기 - 3단계 기억해서 쓰기 - 4단계 질문하기의 순으로 공부한다. 낭독은 오감을 사용하여 뇌를 깨우고, 효과적으로 기억하도록 도와준다. 단기 기억으로 입력된 정보는 설명하기와 기억해서 쓰기를 통해 장기 기억으로 저장한다. 이것들은 모두 아는 것과 모르는 것을 구분하는 메타인지를 높여준다. 양적으로 축적된 기억은 질문을 통해 지식의 질적 융합을 가져와 창의 · 비판적 사고를 창출한다. 모두 인출 활동을 포함하여 성적을 올리고, 창의 · 비판적 사고를 통해 미래 사회에 필요한 역량을 함께 키운다.

이 책을 쓰면서 힘들었던 점은, 필자 사례가 아니라 기존의 효율적인 공부를 연구해야 하는 것이었다. 그래서 가장 많은 책을 읽었고, 계속 공부해야 했다. 특히 기억 메커니즘을 이해하기 위해 뇌 과학 관련 책을 읽고 필자의 언어로 재구성하는 과정이 힘들었다. 그런데 감사하게도 이런 노력이 앞서 언급한 뇌 과학 관련 의학서인 『기적의 아낫 바니엘 치유법』에 추천사를 쓰게 된 계기가 되었다. 책을 쓰는 모든 과정은 어떤 형태로든 열매를 맺는다.

4. 하브루타가 메타인지를 올린다. 『메타인지 수업』

우리 공부와 수업의 문제

우리 학생들의 공부에는 다음과 같은 문제가 있다.

첫째, 수업과 스스로 공부하는 것이 별도로 이루어진다. 예를 들어 3월 초에 수업한 내용을 대개 아이들은 4월 중순 이후 중간 고사를 앞두고 공부한다. 이때는 수업 내용이 대부분 기억에서 잊힌 상태이다. 결국 책보고 혼자 공부하는 셈이 된다.

둘째, 공부 시간 대부분을 읽고, 듣고, 외우는 데 할애한다. 3월 초부터 한 달 반 동안 계속 읽고 듣는 공부를 하다가, 시험을 앞두고는 열흘 동안 외우는 공부만 한다. 읽기, 듣기, 외우기는 모두 입력하는 공부이다. 그런데 시험은 인출하는 활동이다. 한 번도 인출하지 않고 시험을 치면 막상 기억이 제대로 나지 않을 때가 많다.

교사 입장에서 우리 수업에는 다음과 같은 문제가 있다.

첫째, 입시가 중요한 환경에서 강의 수업 위주로 한다. 여전히 수능의 영향력이 큰 고등학교 수업은 수능과 연계하는 경우가 많다. 그래서 교사의 설명이 주를 이루는 수업을 하게 된다. 교사들이 학창 시절 토론 수업을 한 번도 경험해보지 못한 것도 영향이 크다.

둘째, 학생 참여 수업에서 배움이 제대로 일어나는지 의구심이

든다. 최근 많은 교사가 학생 참여 수업을 하고 있다. 아이들이 토론하고, 다양한 모둠 활동을 한다. 그런데 막상 이런 활동 속에 배움이 제대로 일어나는지, 교사 스스로 확신하지 못하는 경우가 많다.

학생이 배운 내용을 수업 시간에 바로 복습할 수 있다면?, 교사가 설계한 수업 활동이 바로 학생의 배움으로 연결될 수 있다면?, 성적을 올리면서 미래 역량을 키울 수 있다면? 이런 생각이 『메타인지 수업』을 쓰는 계기가 되었다.

0.1%의 비밀

메타인지가 이슈가 된 것은, EBS 〈0.1%의 비밀〉 프로그램을 통해 일반 학생과 상위 0.1%의 차이는 기억력이 아닌 메타인지 능력 차이라는 사실이 알려지면서부터이다. 메타인지란 아는 것과 모르는 것을 구분하는 능력이다. 공부는 결국 모르는 것을 알아가는 과정이기 때문이다. 우등생은 모르는 것을 채우는 공부를 하지만, 일반 학생들은 편하게 아는 것만 반복하는 경우가 많다.

하브루타 수업과 공부법에 관한 책을 3권 쓰다 보니 자연스럽게 하브루타가 메타인지를 높이는 최고의 방법이라는 것을 알게 되었다. 질문을 만들고 토론과 설명하는 과정에서 자신이 제대로 몰랐던 것을 알 수 있기 때문이다. 그러던 중 메타인지가 학업 능력을 높인다면 '수업 시간에 메타인지를 높이는 방법은 없을까?' 라는 생각을 하게 되었다. 당시 메타인지 학습에 관한 책은 있었지만 이를 수업에 적용한 책은 없었다.

인지심리학에서는 메타인지를 높이는 방법으로 설명하기, 기억해서 쓰기, 테스트하기, 질문하기 등의 인출 활동을 제시한다. 필자는 수업에서 이런 활동을 구현하기 위해 다양한 놀이 수업 방법을 적용했다. 첫 번째 책인 『애들아, 하브루타로 수업하자!』의 〈습(習)하는 수업〉과 연결되었고, 두 번째 책인 『하브루타로 교과수업을 디자인하다』의 편집 과정에서 통째로 빠진 〈하브루타를 위한 아이스 브레이크 활동〉 원고 내용이 많이 도움이 되었다. 그리고 추가로 설명하기, 질문하기, 테스트하기 등을 놀이 방법으로 개발했다. 이 과정에서 시중에 나온 놀이 수업 관련 책을 30여 권 읽었다. 대부분 초등학교 교사가 쓴 책이라서 고등학교에 맞게 수정해서 적용했다.

『메타인지 수업』에는 설명하기, 기억해서 쓰기, 테스트 등의 인출 활동뿐 아니라 배운 지식을 활용하여 토론하고 논술하는 활동, 교과 지식을 바탕으로 주제를 탐구하고 문제를 해결하는 프로젝트 수업을 추가했다. 그래서 80여 가지의 메타인지를 높이는 수업 활동을 만들었다. 이는 현존하는 대부분의 수업 방법을 망라한 수업의 백과사전 같은 책이다. 최종 편집 과정에서 활용성이 떨어지는 활동을 제외하고 63가지의 메타인지를 높이는 수업 활동을 수록했다.

메타
인지
수업
공부 효율과
학습 능력을 높이는
이성일 지음
메타인지는
자기가 무엇을 알고
무엇을 모르는지
파악하는 능력이다.
메타인지를 높이면 스스로 문제점을 찾아내고 해결하며 학습 과정을 조절할 수 있다.
경향BP

5. 새로운 영역에 도전하다. 『책 쓰기, 버킷리스트에서 작가되기』

버킷리스트를 현실로

많은 사람의 버킷리스트가 자기 이름으로 책 한 권 출간하는 것이다. 특히, 교사나 강사 중에 많다. 가르치면서 만나는 아이들, 동료 교사, 학부모와의 관계에서 생기는 여러 경험과 노하우는 책의 좋은 소재가 된다. 실제 직업군별로 보면 교사의 책 쓰기 비율이 굉장히 높다.

교사라는 직업은 어느 분야보다 전문가가 많고 세분화되어 있다. 수업뿐만 아니라 생활 지도, 상담, 학급 경영, 입시 정보, 전문적 학습공동체 등의 다양한 분야에서 특별한 전문성을 갖고 강사 활동을 하는 교사가 많다. 고교 학점제나 교육과정이 바뀔 때도 많은 교사가 전문가로 강연을 한다.

이처럼 강사 활동을 하는 교사는 무조건 책을 써야 한다고 생각한다. 강사에게는 분야에 대한 전문성과 노하우가 있다. 강사가 책을 쓴다면 훨씬 쉽게 쓸 수 있다. 강의한 말을 그대로 글로 옮기면 되기 때문이다. 필자의 첫 번째 책도 그런 사례이다. 강의 내용을 글로 옮겨, 불과 21일 만에 초고를 완성할 수 있었다.

도서관이나 백화점의 문화 강좌 강사, 어린이 대상 방과 후 강사도 마찬가지이다. 강사 활동 모두가 책의 소재이다. 자신만의 경험과 노하우, 스토리가 있기 때문이다.

앞으로 강사 활동을 꿈꾼다면 자기 분야를 주제로 공부한 내용을 정리해서 책을 내면 좋다. 책을 쓰는 과정에 전문성이 높아진다. 그리고 훨씬 많은 강의 요청이 들어올 것이다.

한편, 취미나 흥미 있는 분야에서 전문가 수준에 도달한 사람이 많다. 방학마다 전 세계를 여행하는 사람, 매주 등산이나 자전거 라이딩을 하는 사람, 커피나 포도주 전문가, 영화나 뮤지컬 마니아, 클래식 음악 애호가, 독서 모임을 통해 꾸준히 책을 읽고 토론하는 사람이 여기에 해당한다. 필자는 단언할 수 있다. 만약 자기 흥미 분야에 관해 책을 쓰게 된다면 그 분야 사람들에게 전문가로 인정받고, 지금보다 훨씬 더 깊이 배우고 즐길 수 있게 된다는 것을.

책 쓰기 강연

책 쓰기에 대한 책은 정말 많다. 그런데 교사가 쓴 책은 없다. 그래서 내가 도전하기로 했다. 평범한 교사가 6년 동안 6권의 책을 쓴 노하우를 알려주면, 책 쓰기가 버킷리스트인 분들에게 도움을 줄 수 있겠다고 생각했다.

마음속으로 품고 있었던 책을 집필하게 된 데는, 한국하브루타연합회 교육연구원이면서 생각나무 출판사 대표인 양동일 선생님의 도움이 컸다. 선생님은 '미라클 모닝'이라는 책 쓰기 강좌를 운영 중이었다. 한 해에 한 권씩 책을 내는 필자의 경험과 노하우를 담은 강연을 요청했다.

바로 수락하고 한 달 동안 강의 내용을 만들었다. 또 다른 배움의 시간이었고, 삶의 영역을 넓히는 소중한 기회였다. 책 쓰기에 대한 강연을 처음 하던 날, 필자는 강연 목차와 내용이 그대로 여섯 번째 책이 될 것이라고 말했다. 독자가 지금 보고 있는 여섯 번째 책은 그렇게 태어났다.

필자가 여섯 권의 책을 쓰는 과정에는 특별한 방법이 있다. 그것은 정약용이 18년 동안 500권의 책을 쓴 비결과 정확히 같다. 이 방법대로 하면 누구나 책을 쓸 수 있다. 요약하면 다음과 같다.

첫째, 주제를 정한다.
둘째, 관련 도서를 50권쯤 읽는다.
셋째, 필요한 내용은 베껴 쓴다.
넷째, 떠오르는 아이디어는 기록한다.
다섯째, 목차를 정한다.
여섯째, 원고를 쓴다.

3장. 책 쓰기를 위한 습관

상위 1%

누구나 독서를 하지만, 누구나 책을 쓸 수 있는 것은 아니다. 독서가 정보를 얻는 일이라면, 책 쓰기는 정보를 창출하는 일이다. 책을 읽는 것과 책을 쓰는 것은 차원이 다른 문제이다. 우리나라에서 평생 책을 한 권도 읽지 않는 사람은 거의 없지만, 평생 한 권 이상의 책을 쓰는 사람은 흔하지 않다. 자기 책이 온라인 서점에서 검색만 되어도 1%의 사람이다.

요즘 SNS에서 책 쓰기 강좌 광고를 쉽게 볼 수 있다. 단기간에 작가가 될 수 있다면서 적게는 수십만 원, 많게는 천만 원이 넘는 수강료를 요구한다. 자신만의 스토리와 상당한 독서량, 꾸준한 글쓰기 습관이 있다면 단기간 컨설팅으로 작가가 될 수도 있다. 하지만 그런 역량이 없다면, 짧은 시간에 제대로 된 한 권의 책을 쓴다는 것은 어렵다.

작가라고 하면 우리 사회에서 한 분야의 전문가로 인정하고 우대한다. 필자도 지인들로부터 자기는 한 페이지도 쓰기 어려운데 어떻게 여러 권의 책을 썼냐면서 감탄하는 말을 여러 번 들었다. 책을 쓴다는 것은 한 분야의 전문가임을 입증하는 것이다.

글쓰기 습관

운동이나 악기 연주에서 프로가 되려면, 재능도 있어야 하지만 큰 노력이 필요하다. 노력이 반복되면 습관이 된다. 운동선수는 운동이 습관이고, 악기 연주자는 연주가 습관이다. 마찬가지로 한 권의 책을 완성하기 위해서는 글쓰기가 습관이 되어야 한다.

현대인에게 글쓰기 공간은 무궁무진하다. 블로그, 브런치, 인스타그램, 밴드에 많은 사람이 글을 올리고 댓글로 소통한다. 여기서 중요한 것은 읽는 사람에게 정보를 제공하는 배려의 마음과 정성이다. 단순히 경치 좋은 곳에 갔고 맛있는 음식을 먹는 등의 자랑에 초점을 두면 의미 있는 글쓰기가 아니다.

SNS로 공개하는 글은 읽는 사람에게 정보를 제공해야 한다. 지역뿐만 아니라 경치를 자세히 묘사하고 그때의 감정과 느낌을 담아 쓴다. 음식도 식당 분위기와 맛은 물론, 모양과 색깔을 글로 묘사한다. 이런 글쓰기가 습관이 되면 책 쓰기 역량을 키울 수 있다.

처음부터 글쓰기를 습관화하기가 쉽지 않다. 꾸준히 읽고, 생각하고, 기록하는 노력이 필요하다. 이러한 노력이 습관이 되면 어느덧 글이 모여 한 권의 책이 된다. 필자가 생각하는 책 쓰기를 위한 습관은 다음과 같다.

1. 읽어라
2. 베껴 쓰라
3. 기록하라
4. 검색하라
5. 매일 쓰라
6. 공개하라
7. 시작하라

1. 읽어라

글쓰기 시작은 읽기

읽는 것은 제대로 생각하기 위한 일이다. 작가의 생각을 빌어 자기 생각을 만드는 것이 독서이다. 송나라 문인 구양수가 말한 글쓰기 훈련 방법인 많이 읽고(多讀), 많이 쓰고(多作), 많이 생각하라(多商量)는 것 중에 하나만 고르면 다독(多讀)이 아닐까 생각한다. 왜냐하면 읽으면 생각하게 되고, 생각을 적는 일이 쓰기이기 때문이다. 결국 글쓰기의 시작은 읽기다.

정약용도 좋은 글을 쓰기 위해, 먼저 읽어야 함을 강조했다. 다산은 문장학을 배우러 온 열아홉 살 이인영이라는 청년에게 다음과 같이 말했다. "학식은 안으로 쌓이고, 문장은 겉으로 펴는 것일세. 기름진 음식을 배불리 먹으면 살가죽에 윤기가 나고, 술을 마시면 얼굴에 홍조가 피어나는 것과 다를 게 없지. 그러니 어찌 문장만 따로 쳐서 취할 수가 있겠는가? (중략) 사서(四書)를 내 몸에 깃들게 하고, 육경(六經)으로 내 식견을 넓히며, 여러 사서로 고금의 변화에 통달하게 해야겠지." 다산은 좋은 음식을 먹으면 피부가 좋아지고 술을 마시면 얼굴이 붉어지는 것처럼, 많은 책을 읽어 식견을 넓혀야 좋은 문장을 쓸 수 있다고 말하고 있다.

책을 쓰는 힘은 독서에서 비롯된다. 다산이 500권의 책을 쓸 수 있었던 것은 그보다 훨씬 많은 책을 읽었기 때문이다. 해리포터의 작가 J.K 롤링도 어려운 환경 속에서도 지독한 독서광이었으며, 글을 쓰는 동안에도 자신의 창작에 도움을 줄 책을 읽는 데 몰두했다고 한다. 그녀는 "중요한 것은 가능한 한 많이 읽는 것입니다. 그러면 어떤 것이 좋은 글인지 알 수 있게 되고, 어휘 실력도 늡니다"라고 말했다.

필자도 여러 권의 책을 쓸 수 있었던 것은, 어려서부터 독서를 즐겼기 때문이다. 초등학교 4학년 때 학교 도서실이 우리 반 교실로 사용되었다. 3면이 책으로 둘러싸여 있는 교실이었다. 그때 교실의 책을 모두 읽겠다고 다짐하고, 매일 혼자 교실에 남아 늦도록 책 읽은 기억이 있다. 물론 모두 읽은 것은 아니다.

필자의 독서 특징은 주제별로 몰아 읽기이다. 유홍준의 『나의 문화유산 답사기』를 읽은 감동으로 문화재 관련 책만 50여 권 읽었다. 아들이 음악을 전공하면서부터 클래식에 관한 책을, 사진에 흥미를 느낀 후에는 사진에 관한 책을 집중해서 읽었다. 문화재 책을 읽고는 전국의 문화재 답사에 나섰다. 클래식 책을 읽고는 매월 오케스트라 연주회를 찾았고 클래식 음악 듣기가 생활이 되었다. 사진 책을 읽고는 필자의 사진이 초등학교 교과서에 실려 매년 저작료를 받고, 여행사 달력에 작품이 실리고, 전시회에 참여하는 사진작가가 되었다. 하브루타를 읽고는 수업을 바꾸고 책의 저자가 되었다. 이처럼 책은 내가 가진 관심 분야에 대한 지식을 풍성하게 하고, 삶으로 이어지게 한다. 아울러 내가 쓰는 책의 중요한 소재가 된다.

읽기는 새로운 지식을 얻을 수 있는 가장 효율적인 방법이다. 유대인이 나라 없는 상황에서도 중세 이후 부의 권력을 가진 이유는, 읽기 능력을 갖추었기 때문이었다. 당시 유럽에서 성직자나 귀족을 제외하고는 거의 읽기 능력이 없었다. 하지만 유대인은 토라와 탈무드 읽기가 생활이었다. 새로운 정보를 얻고 필요한 내용을 기록할 수 있는 능력이 바로 유대인이 시장을 장악할 수 있었던 비결이었다.

책을 쓴 사람 중에 책을 읽지 않은 사람은 거의 없다. 책을 써야겠다는 생각은 책을 읽은 사람만이 할 수 있는 생각이다. 언어학자인 캘리포니아 대학의 스티븐 크라센 교수는 "쓰기에 영향을 미치는 것은 얼마나 많이 써봤느냐 하는 것에 있는 것이 아니라, 얼마나 많이 읽었느냐 하는 것에 있다"라고 말했다. 책을 쓰는 힘은 꾸준한 독서를 통해 키워진다.

책 쓰기 독서 특징

책 쓰기를 위한 독서는 일반 독서와는 방법이 다르다. 쓰고자 하는 주제에 관한 정보와 아이디어를 최대한 얻는 것이 목적이다. 따라서 실용적이고 전략적인 독서를 해야 한다. 짧은 시간에 한 가지 주제에 대해 가능한 한 많이 읽는 것이 도움이 된다. 필자는 주제가 정해지면 보통 30~50권의 책을 읽는다. 책 쓰기 독서의 특징은 다음과 같다.

첫째, 질문하는 독서이다. 일반 독서는 내용 이해나 공감이 목적이다. 이는 저자의 생각을 넘어서는 독서를 하기가 어렵다. 하지만 책 쓰기 독서는 책을 통해 생각을 끌어내는 것이 목적이다. 그러므로 읽으면서 끊임없이 질문해야 한다. 이 책에서 무엇을 끌어낼 것인지?, 어떤 문장이 중요하고 의미가 있는지?, 어떤 내용을 인용해서 내 생각과 연결할 것인지?, 저자의 생각에 문제는 없는지를 질문하고 해답을 생각해야 한다. 좋은 생각은 그냥 나오지 않는다. 의도적으로 질문하고 비판적인 시각으로 읽을 때 가능하다. 필자는 수시로 질문하고 생각을 기록한다. 이것이 모여 책이 된다.

둘째, 취사선택하는 독서이다. 일반 독서는 처음부터 끝까지 내용 중심으로 읽으면서 느낀 생각이나 감정을 지나치는 때가 많다. 그에 반해, 책 쓰기 독서는 필요한 내용을 취사선택해서 내 것으로 만드는 데 목적이 있다. 따라서 의미 있는 내용을 찾기 위해 주의를 기울이고, 그 부분에 더 집중하게 된다. 이러한 선택과 집중은 다시 생각을 끌어내고, 이전에 미처 하지 못한 창의성을 발휘한다. 필자는 읽으면서 중요한 내용을 취사선택해서 기록한다. 여기에 생각을 더하면 책이 된다.

셋째, 생각을 객관화하는 독서이다. 자기 생각만으로 책 한 권을 써내기란 쉽지 않다. 다른 작가의 책을 통해 자신이 미처 하지 못한 생각을 하고 다양한 이야깃거리를 도출할 수 있다. 아울러 전문성을 가진 다른 저자의 말을 인용해 자신의 주장에 대한 객관적인 근거로 삼을 수 있다. 원문 그대로 인용할 때는 출처를 밝힌다. 또는 핵심 내용은 그대로 두되 표현을 바꾸어 쓸 수도 있다. 이처럼 독서를 통해 내 생각을 객관화하는 근거로 삼는다. 이는 책을 풍성하게 하고 내용에 대한 신뢰를 높인다.

발췌독의 중요성

소설 읽기와 달리 책 쓰기를 위한 독서는 요령이 필요하다. 이른바 발췌독이다. 목차를 보고 필요한 부분만 찾아서 읽거나 처음부터 키워드를 생각하면서 눈으로 훑어 읽다가 필요한 내용이 나오면 집중한다. 정약용도 선택과 집중의 발췌독을 했기에 많은 책을 참고하여 500권의 집필이 가능했다.

필자도 책 쓰기를 위한 독서는 발췌독하는 경우가 많다. 매번 책을 쓸 때마다 30~50권은 읽는다. 특히, 『하브루타 4단계 공부법』을 쓰면서 유대인과 하브루타에 관한 책 100여 권, 공신들의 공부법 100여 권, 뇌 과학과 인지심리학책 50여 권을 읽을 수 있었던 것은 발췌독 때문이다. 필요한 내용은 베껴 쓰거나 포스트잇을 붙이고, 떠오르는 아이디어는 기록한다.

독서 수준이 책의 수준

초보 작가라면 책 쓰기에 대한 책을 몇 권 읽기를 권한다. 글쓰기 소재가 축적되어 있어도 책으로 엮는 것은 또 다른 과정이 필요하다. 앞선 작가들의 경험이 도움이 된다. 출판사나 편집자가 쓴 책을 포함하는 것이 좋다. 출판사에서 어떤 원고를 선택하는지 그리고 책이 나오는 자세한 과정을 알 수 있다. 지도가 있으면 길 찾기가 쉬운 것처럼, 다른 사람이 쓴 책 쓰기 책은 자신의 책을 쓰는 과정에 이정표가 될 수 있다.

독서 수준이 작가의 수준이고, 책의 수준이다. 독서 전문가 이희석은 『나는 읽는 대로 만들어진다』에서 "독서의 의미는 책 속이 아닌 변화와 성장한 자신에게서 찾아야 한다"라고 말한다. 책 쓰기는 지식과 생각이 축적될 때 가능하다. 지식이 없다면 생각도 빈약할 수밖에 없다. 지식과 생각을 축적하는 가장 좋은 방법은 독서이다. 책을 통해 새로운 정보를 얻고, 읽으면서 질문하고 생각해야 한다. 그래서 쓰고자 하는 사람은 반드시 읽어야 한다. 읽기의 수준이 생각의 수준이고, 생각의 수준이 책의 수준을 결정한다.

2. 베껴 쓰라

필사하기

단순한 읽기는 책 쓰기로 이어지기 어렵다. 작가들의 독서 습관 중에 중요한 것이 있다. 마음에 와닿거나 생각거리를 제공하는 문장을 베껴 쓰는 것이다. 정약용은 필요한 문장을 베껴 쓰는 독서를 했는데 이를 초서(抄書)라고 한다. 정약용이 18년 동안 유배생활을 하면서 500권의 책을 쓰게 된 힘이 바로 베껴 쓰는 초서이다.

독서가로도 유명한 세종대왕은 책이 해질 때까지 필사한 것으로 알려져 있다. 세종대왕이 당시 최고의 유학자들을 논쟁으로 이길 만큼 뛰어난 지적 능력을 갖출 수 있었던 비결은 '100번 읽고 100번 베껴 쓴다'라는 백독백습(百讀百習)이었다. 베껴 쓰면서 의미를 되새기고, 어떻게 적용할지를 고민했다. 이를 여러 신하와 학자들과 토론하며 소통한 결과, 최고의 임금이 될 수 있었다.

필사에는 책 전체를 처음부터 끝까지 베껴 쓰는 통필사와 필요한 내용만 베껴 쓰는 부분 필사가 있다. 통필사는 유명 작가의 문체를 습득할 수 있어서 예비 작가들이 많이 한다. 좋은 문장을 필사하면서 저절로 좋은 문장을 습득하는 것이다. 한편, 필요한 내용에 집중하는 부분 필사는 키케로, 뉴턴, 존 스튜어트 밀, 마리 퀴리, 윈스턴 처칠 등이 한 것으로 알려져 있다.

독서 전문가인 최승필은 『공부머리 독서법』에서 "필사는 슬로우 리딩과 반복 독서의 장점을 모두 가진 궁극의 독서법"이라고 말한다. 시간은 걸리지만 그만큼 효과가 크기 때문에 최근 필사하는 독서 인구가 늘고 있다. 하지만 책 쓰기를 위한 베껴 쓰기는 일반적인 필사와는 다르다.

필사와 초서 차이

필사와 초서의 공통점은 책 내용을 베껴 쓴다는 것이다. 베껴 쓰기의 장점은 한 글자 한 글자 쓰면서 내용과 의미에 집중할 수 있다는 것이다. 눈으로만 읽으면 그냥 흘려보낼 내용도 손으로 쓰면서 마음에 새기게 된다. 필사와 초서의 차이점은 다음과 같다.

첫째, 필사가 해당 책의 내용에 집중한다면, 초서는 주제를 정해서 여러 책에서 필요한 내용을 선택한다. 선택한 문장들을 비교 분석하고 종합한다. 그리고 여러 해석 가운데 가장 좋은 것을 취하여 자기 주견을 세운다. 이런 과정에서 그 분야에 대한 전문적인 식견을 가질 수 있다.

둘째, 필사는 내용을 수용하는 데 목적이 있고, 초서는 새로운 내용을 창출하는 데 목적이 있다. 성경이나 불교 경전을 필사하면서 내용을 마음에 새기는 것도 그런 이유이다. 하지만 초서는 내용을 수용하는 것을 넘어 자신의 주견을 세우고 새로운 생각과 아이디어를 끌어내는 데 목적이 있다.

셋째, 필사는 책을 이해하기 위한 독서이고, 초서는 새로운 책을 쓰기 위한 독서이다. 한 가지 주제에 관해 다양한 책을 읽으면서 필요한 부분을 초서한다. 베껴 쓴 내용을 종합하여 자기 생각을 세우면, 새로운 책이 탄생한다. 책을 읽으면서 자기 생각을 기록하다 보면 읽는 행위가 쓰는 행위가 된다.

책을 쓰기 위한 독서는 단순히 읽는 데에 그치면 안 된다. 내용을 취사선택해서 필요한 부분은 베껴 써야 한다. 내용 이해는 물론, 작가의 생각을 바탕으로 내 생각을 끌어내고 새로운 아이디어를 얻을 수 있다.

3. 기록하라

적자생존

적자생존이라는 말이 있다. 환경에 적응한 종(種)만 살아남는다는 것이 아니라 적는 자, 즉 기록하는 사람만이 생존한다는 것이다. 특히, 책 쓰기를 위해 기록은 필수다. 지식과 정보만 담은 백과사전이 아니라면 책은 결국 생각의 기록이기 때문이다. 전업 작가를 '글로 생활자'로 표현한 손관승 작가는 메모의 중요성에 대해 다음과 같이 말한다.

"지식 사회에서는 적는 사람이 생존한다. 메모에 미친 사람이 되라는 것이다. 청나라 사신단에 함께 오른 연암 박지원은 말 위에서 졸면서도 메모를 놓지 않았다. 괴테는 로마로 향하며 매일 기록하였다. 그들은 북위 40도에서 함께 글을 쓰고 있었다. 동서양 최고의 기행문이 동시대에 탄생할 수 있었던 것은 바로 그 덕분이다."

박지원의 『열하일기』와 괴테의 『이탈리아 기행』은 이처럼 메모로 인해 탄생했다. 기록되지 않은 생각은 하지 않은 생각과 같다. 번뜩이는 아이디어는 번개와 같다. 바로 기록하지 않으면 반짝하다가 사라진다. 그래서 프랜시스 베이컨은 "느닷없이 떠오르는 생각이 가장 귀중한 것이며, 보관해야 할 가치가 있는 것이다. 메모하는 습관을 갖자"라고 말했다. 우리는 하루에도 수백 번의 생각을 하며 살아간다. 그중에 필요한 생각을 적지 않으면 사라지게 된다. 따라서 작가에 도전한다면 메모는 필수 습관이다.

메모는 뇌의 저장 장치

인간의 뇌를 컴퓨터에 비유한다면 메모장은 저장 장치와 같다. 컴퓨터에서 아무리 중요한 작업을 해도 저장하지 않으면 소용이 없다. 데이터를 저장하는 이유는 다음에 꺼내 쓰기 위해서이다. 메모하는 이유도 마찬가지다.

짧은 메모가 구체적인 생각을 끌어내고 어려운 문제의 해결 방안을 열어주기도 한다. 메모가 글이 되고, 글이 모여 책이 된다. 몇 권의 베스트셀러를 낸 정치인 안철수도 유명한 메모광이다. 노트북에 '글 소재'라는 파일을 만들고 수시로 아이디어를 메모했다고 한다.

메모는 뇌의 능력을 향상하게 한다. 베스트셀러 작가인 사카토 켄지는『뇌를 움직이는 메모』에서 "메모로 우뇌와 좌뇌를 활성화하면 '정보의 입력과 출력'이라는 일련의 과정을 거치면서 뇌의 능력이 향상한다"고 말한다. 그는 메모하는 습관이 뇌 활동에 직접적으로 영향을 미치며, 글자를 쓰는 행위는 신경을 자극해 두 뇌를 활성화한다고 주장한다.

책을 쓰다 보면 항상 생각이 책 내용에 머무르게 된다. 산책하다가, 밥을 먹다가, 잠들기 위해 누울 때 갑자기 아이디어가 떠오른다. 다른 일을 하더라도 뇌는 항상 책 쓰는 준비를 하고 있어서 생기는 일이다. 이때 떠오르는 생각들은 바로 기록해야 한다.

책을 읽을 때도 많은 아이디어가 떠오른다. 어떤 내용이 도움이 되고, 어떤 내용을 참고할 것인지, 혹은 인용할 내용은 없는지 늘 생각하면서 읽기 때문이다. 그렇게 읽다 보면 책 내용이 실마리가 되어 불현듯 새로운 생각이 떠오른다. 이때 떠오르는 생각은 바로 기록해야 한다. 기록하지 않은 생각은 평생 다시 떠올리지 못할 수도 있다.

생각을 잊지 않기 위해 기록하지만, 때로는 기록이 새로운 생각을 불러일으킨다. 생각을 기록하다 보면 꼬리에 꼬리를 물고 다른 생각이 이어지는 것을 경험할 수 있다. 독서가 생각을 일으키는 좋은 방법이지만, 기록하면 훨씬 더 많은 생각을 하게 된다.

퍼스트클래스 승객은 펜을 빌리지 않는다

성공한 사람들의 공통적인 습관은 메모이다. 미즈키 아키코는 17년 동안 퍼스트클래스 스튜어디스를 하면서 자신이 발견한 3%의 성공 습관을 기록했다. 『퍼스트클래스 승객은 펜을 빌리지 않는다』라는 책에서 그녀는 이렇게 말한다. "퍼스트클래스에서 근무할 때는 펜을 빌려달라는 부탁을 받은 적이 단 한 번도 없다. 퍼스트클래스 승객들은 항상 메모하는 습관이 있기 때문에 모두 자신만의 필기구를 지니고 다녔다."

기억의 시간은 유한하지만, 기록된 기억은 영원하다. 다시 보는 것이 기록의 목적이다. 일기를 통해 아주 오래된 일도 추억할 수 있는 것처럼 기록된 기억은 언제든 꺼내어 쓸 수 있다. 책을 쓰고자 하는 사람은 기록이 생활화되어야 한다. 필자는 책 쓰기를 위한 독서를 할 때는 별도의 독서 노트에 기록한다. 책 쓰는 과정에 수시로 떠오르는 아이디어는 휴대폰 메모 앱에 기록한다. 그런 기록들이 모여 책이 되는 것이다.

책을 쓴다는 것은 오랜 기록의 시간이다. 꾸준한 메모와 일상의 기록을 생활화할 때 한 권의 책을 완성하는 힘이 생긴다. 특히, 책을 쓰는 동안의 생각은 하나도 흘려보내서는 안 된다. 생각 하나가 글 한 줄이 되고 한 페이지가 되기도 한다. 나아가 한 권의 책도 작은 생각에서 출발하기 때문이다.

한 가지 주제에 대해 여러 권의 기록이 모이면 자연스럽게 어떤 내용을 쓸 것인가? 목차는 어떻게 할 것인가? 차별화된 나만의 이야기는 무엇인가? 등이 머릿속에 정리된다. 이 단계를 거치면 한 권의 책이 나오기까지는 시간문제이다.

진정한 독서의 목적은 책을 바탕으로 자기 생각을 세우는 데 있다. 생각은 글로 표현될 때 명료해진다. 그래서 영국 소설가 애니타 브루크너는 "글쓰기를 시작할 때까지는 당신이 무엇을 생각하고 있는지 알 수 없다. 글쓰기를 통해 당신이 생각하고 있는 진실을 깨닫게 된다"라고 말했다. 기록을 통해 생각은 정리되고, 정교해지는 것이다.

독서가 단순히 자기만족으로 끝나는 경우가 많다. 어떤 경우는 책을 끝까지 읽는 데 목적을 둘 때도 있다. 조급하게 남은 페이지를 확인하면서 책을 읽어 본 경험이 있을 것이다. 독서는 자기만족을 넘어 성찰과 성장으로 이어져야 한다. 책을 읽으면서 떠오르는 생각을 기록해야 하는 이유이다.

4. 검색하라

검색의 장점

책을 쓰기 위해서 다양한 매체에서 정보를 얻어야 한다. 책을 통해 얻는 정보도 많지만, 때로는 인터넷 검색을 통해 얻은 정보가 효과적이다. 4차 산업 혁명 시대에 인터넷을 통해 얻을 수 있는 정보는 무궁무진하다. 물론 검색을 통한 정보에서 취사선택은 필수이다. 인터넷 검색의 장점은 다음과 같다.

첫째, 필요한 정보를 빠르게 얻을 수 있다. 책을 쓰다 보면 전문가 견해의 뒷받침이나 아이디어 빈곤에 직면할 때가 있다. 책은 아무리 필요한 내용만 찾아 읽더라도 시간이 꽤 걸린다. 하지만 인터넷에서는 키워드를 입력하면 관련 내용만 바로 찾아준다. 또한, 인터넷 내용이 실마리가 되어 생각의 물꼬를 트는 일도 많다.

둘째, 최신 정보를 얻을 수 있다. 책에 쓰인 정보는 아무리 빨라도 몇 달 전의 정보이다. 하지만 인터넷에서는 항상 최신 정보를 얻을 수 있다. 책을 쓰다 보면 통계나 수치가 필요할 때가 종종 있다. 적절한 통계와 수치는 글의 신뢰성과 설득력을 높인다. 이때 검색은 최신 정보를 얻을 수 있는 효과적 수단이다.

셋째, 쉬면서 유용한 정보를 얻는 경우가 의외로 많다. 현대인들은 검색하면서 시간을 보내곤 한다. 책을 쓴다는 것은 운동에 비유하자면 마라톤이다. 마라톤 선수가 육체의 모든 힘을 다 쏟는 것처럼 책을 쓰는 과정에 정신적 소모가 크다. 이때 잠시 쉬면서 할 수 있는 활동 중에 검색이 있다. 관련 주제로 검색하다 보면 의외의 보물을 만날 때가 많다.

꾸준히 검색하는 습관은 작가의 역량을 키우는 데 도움을 준다. 뉴스나 연예 기사에 시간을 빼앗기는 것보다 관심 주제에 대한 유튜브나 브런치, 블로그를 검색하면 훨씬 풍성한 책을 쓸 수 있다. 물론 이때도 당연히 필요한 내용을 기록해야 한다.

슬럼프 극복 수단

필자는 『메타인지 수업』 책을 쓰면서 슬럼프에 빠진 적이 있다. 이 책은 메타인지를 소개하는 장과 메타인지를 높일 수 있는 수업 사례를 다룬 두 개의 장으로 구성했다. 수업 사례 70여 가지를 먼저 집필했다. 그런데 메타인지를 소개하는 1장에서 〈왜 메타인지인가?〉를 쓰면서 아이디어의 빈곤에 빠졌다. 세 번째 책인 『하브루타 4단계 공부법』의 3장 〈효율적인 공부법〉에서 이미 내가 알고 있는 메타인지에 관한 내용을 모두 포함했기 때문이다. 메타인지의 개념, 메타인지의 중요성, 메타인지를 높이는 방안을 앞의 책과 다른 내용으로 써야 하는데 쉽지 않았다.

메타인지 관련 책은 시중에 몇 권 되지 않는다. 그 책은 이미 모두 보았고, 필요한 내용은 모두 앞의 책에서 활용했다. 그동안 새로 나온 책도 없었다. 아무리 쓰기 위해 노력해도 앞에 쓴 책의 내용이 반복되거나 만족스럽지 못했다.

7~8개월을 슬럼프로 보내고 다시 쓰기로 결심한 후 시작한 것

이 유튜브 검색이었다. 메타인지 관련 유튜브는 많았다. 유튜브를 보면서 필요한 내용은 기록하고, 떠오르는 생각은 적었다. 그렇게 50여 편의 유튜브를 보고 나니 거짓말같이 글이 써졌다. 그리고 보름 만에 앞부분을 완성할 수 있었다.

5. 매일 쓰라

작가(作家)

글쓰기를 잘하고 싶으면 매일 써야 한다. 공부를 잘하고 싶으면 공부를 많이 해야 하고, 운동을 잘하고 싶으면 운동을 꾸준히 해야 하는 것과 같은 이치다. 책 쓰기를 요리에 비유한다면, 주제를 정해놓고 꾸준히 쓰는 것은 요리 재료를 하나하나 갖추는 것과 같다. 이제 재료를 넣어서 끓이거나 요리하면 된다.

글은 생각의 결과물이다. 따라서 글 쓰는 시간은 생각하는 시간이다. 그것도 집중해서 생각해야 한다. 그런데 신기한 것은 생각이 글로 표현되는 순간 흩어져 있던 생각이 명확하게 정리된다. 그리고 새로운 생각이 떠오르기도 한다.

책을 쓰는 사람을 작가(作家)라고 한다. 집을 짓는 사람이라는 의미이다. 자신의 소설이 70편 넘게 영화화되어 원작이 가장 많이 영화화된 작가로 기네스북에 오른 스티븐 킹은 "작가가 글쓰기에 사용하는 에너지는 저택을 지을 수 있는 정도다. 그런 의미에서 예술 작품은 '쓰는' 것이 아니라 천천히 '짓는' 것이다"라고 말했다. 책 쓰기는 저자의 사유와 경험을 모두 모아서 한 권에 담아내는 일이기 때문이다.

집을 짓기 위해서 많은 준비가 필요한 것처럼 작가가 되기 위해서는 꾸준한 훈련이 필요하다. 그것은 매일 글쓰기를 실천하는 것이다. 미국 소설가 존 그리샴은 "나는 5시 30분에 첫 단어를 쓴다. 일주일에 5일 동안"이라고 말했다. 이는 매일 쓰는 습관의 중요성을 강조한 말이다.

글쓰기의 왕도

글쓰기에 왕도가 있다면 매일 쓰는 것이다. 미국 소설가 레이 브래드버리는 "매일 글을 쓰라, 강렬하게 독서하라. 그리고 무슨 일이 일어나는지 한번 보자"라고 말했다. 마라톤을 완주하기 위해 처음부터 42.195km를 뛰면서 훈련하는 사람은 없다. 책 쓰기는 글쓰기의 마라톤이다. 짧은 거리를 꾸준히 오랫동안 달리며 훈련한 사람이 긴 거리를 완주할 수 있는 것처럼, 책 쓰기에 도전한 사람은 짧은 글을 매일 꾸준히 쓰는 습관이 필요하다.

『매일 아침 써봤니?』 저자인 김민식 MBC 드라마 PD는 세바시 강연 '괴로움을 즐거움으로 바꾸는 글쓰기'에서 다음과 같이 말한다. "영어를 못하는 이유는 처음부터 완벽한 영어를 하려고 하기 때문이다. 처음에는 쉬운 영어와 콩글리쉬를 자꾸 해야 한다. 어느 순간 고급 회화가 되고 잉글리쉬가 된다. 글도 마찬가지다. 잘 못 쓰는 글이라도 자꾸 써봐야 좋아진다. 글은 시간을 들이고, 공을 들이면 점점 좋아진다."

글을 쓰는 데도 근육이 필요하다. 매일 헬스를 하면 몸에 근육이 생기는 것처럼 매일 꾸준히 쓰면 글쓰기 근육이 강해진다. 꾸준히 운동하면 더 무거운 것을 들 수 있고, 꾸준히 글을 쓰면 더 긴 글을 쓸 수 있다. 근육을 키우는 사람들은 처음부터 최대의 중량으로 들지 않는다. 책도 마찬가지이다. 짧은 글쓰기를 생활화해야 한다. 글쓰기 근육은 평소 꾸준히 쓸 때만 키울 수 있고, 이것이 책 쓰기로 연결될 수 있다.

6. 공개하라

보이는 글의 효과

책 쓰기에 도전하는 사람은 글을 공개해야 한다. 브런치나 블로그처럼 다른 사람이 보게 하는 것이 바람직하다. 다른 사람에게 보이는 글은 일기와는 다르다. 집을 짓듯 정성껏 써야 한다. 여러 번 읽어보고 고쳐 쓴 후, 마음에 들어야 올린다. 다른 사람에게 보이는 글을 꾸준히 쓰면 다음과 같은 효과가 있다.

첫째, 더 정성을 쏟게 된다. 자기만 보는 글에 비해, 다른 사람에게 보이는 글은 긴장하고, 정성을 다하게 된다. 글을 통해 자신의 이미지를 좋게 평가받고 싶은 것은 당연한 욕구이다. 올리기 전에 다시 한번 읽고, 어색한 문장은 고치고, 필요한 내용을 추가한다. 당연히 더 좋은 글을 쓸 수 있게 된다.

둘째, 다른 사람의 칭찬과 응원이 큰 힘이 된다. 『대통령의 글쓰기』 저자인 강원국은 글쓰기의 세 가지 즐거움은 '쓰다 막힌 곳이 뚫렸을 때', '다 썼을 때', 그리고 '잘 썼다는 소리를 들을 때'라고 말한다. 블로그나 SNS에 공개된 글에 대해 비판적으로 평가하는 사람은 거의 없다. 읽는 사람 대부분이 아는 사람이거나 아니면 필요한 정보를 얻기 위해 방문한 사람이기 때문이다. 따라서 대부분 응원하고 칭찬하는 댓글을 쓴다. 이러한 격려와 피드백이 매일 새로운 글을 쓰게 하는 동기를 부여하고, 글에 대한 자신감을 갖게 한다.

셋째, 글감이 쌓인다. 매일 꾸준히 쓴 글은 나중에 책을 쓸 때 좋은 글감이 된다. 특히, 관심 있는 몇 가지 주제로 카테고리를 분류하여 쓴다면 필요할 때 언제든 꺼내쓸 수 있는 글감의 창고가 될 수 있다. 진로교사이면서 『하고 싶은 것이 뭔지 모르는 10대에게』 등 8권의 책을 쓴 김원배 작가도 글쓰기 강연에서 매일 쓴 블로그 내용이 책을 쓸 때 좋은 재료가 되었다고 밝힌 바 있다.

넷째, 홍보 효과가 있다. 꾸준히 글을 쓰다 보면 서로 이웃이나 구독자 등이 많이 생겨난다. 이런 사람들이 많아지면 나중에 책을 썼을 때 좋은 홍보 수단이 된다. 나를 알리고 브랜드화하게 되는 것이다. 필자도 10년 가까이 운영한 블로그에 새로 나온 책이나 다양한 활동을 소개하는 것이 많은 도움이 되며, 이를 통해 강연을 요청받을 때도 있다.

주제의 일관성

블로그나 SNS를 통해 공개할 때 주의할 점은 주제가 일관성이 있어야 한다는 점이다. 일상의 기록이나 감성적인 글, 그때그때 기분에 따라 쓰는 글은 아무리 꾸준히 써도 출간으로 연결되기 어렵다. 물론 꾸준히 쓰는 과정을 통해 쓰는 근육이 좋아져서 나중에라도 주제가 정해지면 책 쓰기에 도전할 수는 있다.

블로그와 같이 매일 꾸준히 쓴 글이 책으로 연결되기 위해서는 주제의 일관성이 있어야 한다. 좋아하거나 관심 있는 주제를 정해서 매일 제목을 적는다. 그래서 100편 정도의 제목이 모이면 목차를 구성할 수 있다. 이후 필요한 내용, 버려야 할 내용, 추가할 내용으로 정리한다.

물론 가장 좋은 방법은 블로그 콘셉트를 미리 정하고, 목차까지 생각해서 매일 소제목 하나씩 쓰는 것이다. 이렇게 쓰면 블로그 내용이 바로 초고가 될 수 있다. 필자가 활동하는 한국하브루타연합회 단톡방에는 리더십을 주제로 100편의 글을 쓸 것임을 공표하고, 꾸준히 글을 공개하는 사람이 있다. 결국은 관련 책을 출간하는 것을 보았다. 한 가지 주제에 대해 오랫동안 쓴 블로그 포스팅이 결국 책이 된 것이다.

7. 시작하라

시작이 반

일단 책 쓰기를 시작하라. '시작이 반이다'라는 속담은 책 쓰기에 그대로 적용된다. 모든 지식을 완벽히 알고 책을 쓰는 사람은 없다. 책을 쓰면서 완벽해진다. 전문가라서 책을 쓸 수도 있지만, 책을 쓰면서 진정한 전문가가 된다. 미국 소설가 도널드 바셀미는 "작가란 일을 시작하는 단계에서 무엇을 해야 하는지 모르는 사람이다"라고 말했다. 쓰면서 생각이 완성된다는 의미이다.

목차를 정하고 쓰면 짜임새 있는 글이 되겠지만, 꼭 그렇지 않아도 된다. 주제에 대한 어떤 글이라도 그냥 쓰기 시작하면 된다. 한 꼭지의 글이라도 완성되면 그다음 꼭지에 무엇을 써야 할지 생각난다. 그런 작업이 이어지면 목차가 저절로 만들어진다. 그래서 퍼시픽 아메리칸 CEO인 패트릭 G. 라일리는 "무슨 글이든 단 한 페이지만 써라"라고 말했다. 처음부터 잘 쓰려는 욕심을 버리고 일단 시작하자. 책 쓰기를 시작했다면, 반드시 자신의 책을 만나게 된다.

72시간의 법칙

책은 한 권으로 끝나지 않는다. '책을 한 권도 쓰지 않은 사람은 있어도, 한 권만 쓴 사람은 없다'라는 말이 있다. 책 속의 작가 프로필을 보더라도 대부분 여러 권의 책이 소개되어 있다. 필자도 처음 책을 쓸 때만 하더라도 매년 한 권씩 6권을 쓰게 될 줄은 꿈에도 몰랐다. 첫 번째 책에 나의 모든 영혼까지 담았다고 생각했다. 하지만 지금 이 책은 여섯 번째이고, 이미 출판사로부터 일곱 번째 책을 요청받은 상황이다.

독서가 주는 이익은 말할 필요가 없다. 하지만 읽기만 한 사람과 책을 쓴 사람은 분명 다르다. 읽기는 자신을 성장시키지만, 책 쓰기는 다른 사람을 변화시킨다. 또한 책 쓰기를 한 사람은 스스로 성취한 사람이고 뭔가를 해낸 사람이다. 그래서 책을 썼다는 사실만으로 사람들은 그를 대단하다고 여긴다.

어리석은 것은 여러 이유를 앞세워 시도조차 하지 않는 것이다. 시도하지 않으면 아무것도 할 수 없다. 72시간의 법칙이 있다. 어떤 일을 하겠다고 마음먹은 뒤 3일(72시간) 이내에 시작하지 않으면 그 일을 시작할 확률이 1% 미만이라는 법칙이다. 해야 하는 이유에 집중하고 일단 시작해야 한다.

어쩌면 시작하기가 가장 어려울 수도 있다. 하지만 이 책을 읽고 있는 예비 작가는 이미 책 쓰기를 시작한 사람이다. 지금 바로 '내가 책을 써야 하는 이유'를 제목으로 한 편의 글을 써보기를 바란다. 그리고 시간을 정해놓고 매일 꾸준히 뭔가를 써본다. 어느새 인터넷에 자신의 책이 검색되는 것을 보면서 웃음 짓게 될 것이다.

다음 장에서는 다산이 18년 동안 500권의 책을 쓴 비결을 소개한다. 다산이 아들에게 보낸 편지와 여러 글을 분석해서 정리했다.

4장. 다산의 책 쓰기 전략 – 초서 독서법

500권의 비법

정약용은 18년 동안 강진에서 유배 생활을 하면서 500권의 책을 썼다. 분량도 엄청나지만 정치, 경제, 국방, 지리, 형법, 의학, 기술, 음악, 농업 등 그의 학문이 미치지 않은 분야가 없을 정도이다. 책 쓰기에 몰두해 너무 오래 앉아 있어, 방바닥에 닿은 복사뼈에 세 번이나 구멍이 났다는 과골삼천(踝骨三穿)의 고사는 유명하다. 우리나라에서 학문의 깊이와 넓이를 견주어 다산에 비길 사람은 없다. 어떻게 이것이 가능했을까?

첫째, 다산은 독서의 달인이었다. 500권의 책을 쓰기 위해 그는 그보다 수십 배, 수백 배 많은 책을 읽어야 했다. 그리고 아들에게 보낸 편지에서 "내가 몇 년 전부터 독서에 대하여 깨달은 바가 큰데, 마구잡이로 그냥 읽어 내리기만 한다면 하루에 백번 천번을 읽어도 읽지 않은 것과 다를 바가 없다. 무릇 책을 읽는 도중에 의미를 모르는 글자를 만나면 그때마다 널리 고찰하고 세밀하게 연구해서 그 근본 뿌리를 파헤쳐 글 전체를 이해할 수 있어야 한다. 날마다 이런 식으로 읽는다면 수백 가지의 책을 함께 보는 것과 같다. 이렇게 읽어야 책의 의미를 훤히 꿰뚫어 알 수 있게 된다"라고 말했다. 이는 다산이 한 권을 읽어도 근본과 핵심을 파악하고, 모르는 내용에 대해서는 완전히 알 때까지 연구하는 독서가였음을 알 수 있다.

둘째, 다산은 선택의 달인이었다. 수많은 책 중에 필요한 내용만 선택하고, 이에 집중해서 주견을 세웠다. 아들에게 쓴 편지에서 "무릇 책 한 권을 볼 때 오직 나의 학문에 도움이 될 만한 것이 있으면 가려 뽑고, 그렇지 않다면 하나도 눈여겨볼 필요가 없는 것이니 백 권 분량의 책일지라도 열흘 정도의 공을 들이면 되는 것이다"라고 말했다. 다산은 주제를 정한 후, 관련 책을 두루 읽으면서 필요한 내용만 취사선택하고, 여기에 집중한 결과 다양한 분야의 책을 깊이 있게 쓸 수 있었다.

셋째, 다산은 정리의 달인이었다. 다산은 선택하여 베껴 쓴 후, 이를 분류해서 정리했다. 그래서 방대한 자료를 필요할 때 언제든 쉽게 꺼내 쓸 수 있었다. 비슷한 내용은 묶고, 이를 통해 다른 분야까지 지식을 확장했다. 다산의 책이 새로운 내용보다 기존의 여러 책에서 뽑은 정보를 새롭게 엮은 것이 많은 이유이다. 그래서 정민 교수는 다산을 '세계의 정보를 필요에 따라, 요구에 맞게 정리해낼 줄 알았던 전방위적 지식 경영가'라고 부른다.

초서 독서법

이처럼 다산의 다독과 선택, 정리를 가능하게 한 것은 특별한 독서법에 있다. 바로 초서(抄書) 독서이다. 초(抄)란 '가려 뽑다, 베낀다'라는 뜻이다. 주제를 정해서 여러 권의 책을 읽고 필요한 문장을 가려 뽑아, 베껴 쓰는 방법이다.

초서는 베껴 쓴다는 의미에서 필사와 같지만 한 단계 더 발전한 독서법이다. 필사는 문장을 쓰면서 내용을 이해하고 마음에 새기는 것이 목적이다. 하지만 초서법은 책 쓰기를 목적으로 한 독서이다. 다산은 먼저 주제를 정한 후 관련된 책을 두루 읽었다. 여러 책을 읽으면서 자신이 쓸 책의 윤곽을 잡고 목차를 정했다. 그리고 초서를 통해 책마다 필요한 문장을 뽑고, 내용을 정리했다. 여기에 주견을 포함해 자신만의 새로운 책을 썼다. 각 책에서 뽑은 문장들을 정리하여 엮은 후, 자신의 책으로 재탄생시킨 것이다. 그것이 18년 동안 500권의 책을 쓴 비결이다.

다산은 이러한 초서 독서를 자녀들에게도 여러 번 강조했다. 두 아들 학연(學淵)과 학유(學游)에게 쓴 편지에서, 아버지의 유배에 좌절하지 말고 학문에 정진하기를 간절히 당부했다. 때로는 학문을 소홀히 하거나 질문하지 않는 모습에 대해 엄한 꾸지람을 하기도 한다. 이 장에서는 초서 독서법을 바탕으로 다산의 책 쓰기 전략을 소개한다. 편지 내용은 박석무가 편역한 『유배지에서 보낸 편지』에서 발췌했다.

1. 주제와 주견 세우기
2. 관련 책 읽기
3. 목차 정하기
4. 취사선택하기
5. 베껴 쓰기
6. 의식의 확장
7. 초서 독서법의 특징
8. 필자의 삼색 초서 독서법

1. 주제와 주견 세우기

주제와 주견

책을 쓰기 위한 첫 단계는 주제를 정하고 주견(主見)을 세우는 것이다. 주견은 자기의 주장을 담은 의견을 말한다. 초서 독서법의 핵심은 필요한 문장을 선택해서 베껴 쓰는 것이다. 따라서 책을 읽기 전에 먼저 자신만의 주견이 명확해야 책에서 취할 것과 버릴 것을 구분할 힘이 생긴다.

이는 주제와 관련된 책을 두루 읽으면서 필요한 내용을 뽑기 위한 사전 준비 단계이다. 주견이 명확해야 어떤 책을 읽어야 하고, 그 내용에서 필요한 내용이 무엇인지 취사선택할 수 있다. 다음은 이와 관련하여 다산이 아들에게 쓴 편지이다.

남의 저서에서 도움이 될 만한 요점을 추려내어 책을 만들 때에는 우선 자기 자신의 학문에 주견이 뚜렷해야 판단 기준이 마음에 세워져 취사선택하는 일이 용이할 것이다.

새해가 밝았구나. 군자는 새해를 맞으면서 반드시 그 마음가짐이나 행동을 새롭게 하려고 한다. 나는 소싯적에 새해를 맞을 때마다 꼭 일 년 동안 공부할 과정을 미리 계획해보았다. 예를 들면 무슨 책을 읽고 어떤 글을 뽑아 적어야겠다는 식으로 작정을 해놓고 꼭 그렇게 실천하곤 했다.

초서의 방법은 먼저 내 학문이 주장하는 바가 있은 뒤에, 저울질이 마음에 있어야만 취하고 버림이 어렵지가 않다. 학문의 요령은 전에 이미 말했는데, 네가 필시 잊은 게로구나. 그렇지 않고서야 어찌 초서의 효과를 의심하며 이런 질문을 한단 말이냐?

정리하면 어떤 책을 읽을지 미리 정해놓고 주견을 세운 후에야 필요한 내용을 취사선택하기가 쉽다는 내용이다. '저울질이 마음에 있어야만 한다'라는 말이 바로 자기 주견을 먼저 세워야 한다는 것이다. 정약용은 유교 경전뿐만 아니라 의학, 법률, 농업 등에 이르기까지 다양한 주제에 관해 책을 썼다. 그리고 학문의 넓이 못지않게 깊이도 대단했다. 이는 다양한 주제에 관심을 가지고 자신의 주견을 세운 후, 초서 독서를 했기 때문이다.

핵심 메시지

책 쓰기의 시작은 주제를 정하는 일이다. 자신만의 전문 분야에서 주제를 정하는 것이 가장 바람직하다. 예를 들어 교사라면 수업, 생활 지도, 상담, 담임 업무, 진로 진학 등 자신이 가장 자신 있는 주제를 정하면 된다. 그리고 그 분야에 대한 다른 사람의 책을 읽으면서 자신만의 이야깃거리를 찾아야 한다.

주제를 정했다면 이에 대한 주견이 명확해야 다른 책과 차별화된 자신만의 이야기를 쓸 수 있다. 주견은 저자가 독자에게 전할 책의 핵심 메시지이다. 작가는 핵심 메시지를 한 문장으로 요약해서 독자에게 전할 수 있어야 한다.

필자가 하브루타 수업 관련 책을 여러 권 쓰면서 독자에게 전하고자 하는 메시지는 '학생이 생각하고 말하는 수업'이다. 하브루타를 알기 전 수업은 교실에서 교사만 말하고 학생은 듣고 외우기만 하는 시간이었다. 하지만 지금은 학생이 텍스트에 질문하면서 생각하고 말하는 수업을 하고 있다. 아이들의 수업 태도가 달라졌고, 교사의 자존감도 높아졌다.

2. 관련 책 읽기

폐족의 처신

주제가 정해졌으면 관련 책을 두루 읽는다. 다산은 500권을 쓴 대저술가이기에 앞서 수천 권을 읽은 독서가였다. 주제에 관한 책을 두루 읽으면서 견문의 폭을 넓히게 된다. 다산의 책은 이런 노력의 결과물이었다. 다산은 필요한 내용에 집중하고, 불필요한 내용은 훑어 지나간다. 이런 방식으로 많은 책을 읽으면서 핵심 내용에 대해서는 철저하게 취할 수 있었다. 다음은 다산이 편지로 아들에게 독서를 권면한 내용이다.

내가 밤낮으로 빌고 원하는 것은 오직 문장(文牂)이 열심히 독서하는 일뿐이다. 문장이 능히 선비의 마음씨를 갖게 된다면야 내가 다시 무슨 한이 있겠느냐? 이른 새벽부터 밤늦게까지 부지런히 책을 읽어 이 아비의 간절한 소망을 저버리지 말아다오. 어깨가 저려서 다 쓰지 못하고 이만 줄인다.

부디 자포자기하지 말고 마음을 단단히 먹고 부지런히 책을 읽는데 힘쓰거라. 그리고 초서나 저서(著書)하는 일도 혹시라도 소홀히 하지 말도록 해라. 폐족이면서 글도 못 하고 예절도 갖추지 못한다면 어찌 되겠느냐. 보통 집안사람들보다 백배 열심히 노력해야만 겨우 사람 축에 낄 수 있지 않겠느냐? 내 귀양살이 고생이 몹시 크긴 하다만 너희들이 독서에 정진하고 몸가짐을 올바르게 하고 있다는 소식만 들리면 근심이 없겠다.

폐족으로서 잘 처신하는 방법은 오직 독서하는 것 한 가지밖에 없다. 독서라는 것은 사람에게 있어서 가장 중요하고 깨끗한 일일 뿐만 아니라 호사스런 집안 자제들에게만 그 맛을 알도록 하는 것도 아니고 또 촌구석 수재들이 그 심오함을 넘겨다볼 수 있는 것이 아니기 때문이다. 반드시 벼슬하는 집안의 자제로서 어려서부터 듣고 본 바도 있는 데다 중년에 재난을 만난 너희들 같은 젊은이들만이 진정한 독서를 하기에 가장 좋은 것이다.

문장은 다산의 둘째 아들 학유의 아명이다. 다산은 아들에게 이른 새벽부터 밤늦게까지 부지런히 책을 읽기를 당부한다. 비록 폐족일지라도 독서를 통해서만 참다운 사람이 될 수 있다고 말하고 있다. 스스로 그렇게 독서를 했기 때문이다. 읽고 쓰기가 다산 삶의 대부분이었기에 어깨가 저려서 쓰기가 힘들 정도가 될 때까지 멈추지 않았다. 다산은 또 구체적으로 어떤 책을 읽어야 할지를 말해주고 있다.

요 근래 수십 년 이래로 한 가지 괴이한 논의가 있어 우리 문학을 아주 배척하고 있다. 여러 가지 우리나라의 옛 문헌이나 문집에는 눈도 주지 않으려 하니 이거야말로 병통이 아니고 무엇이겠느냐? 사대부 자제들이 우리나라의 옛일들을 알지 못하고 선배들이 의론했던 것을 읽지 않는다면 비록 그 학문이 고금을 꿰뚫고 있다 해도 그저 엉터리가 될 뿐이다. 다만 시집 같은 거야 서둘러 읽을 필요는 없겠지만 신하가 임금께 올린 상소문, 비문, 옛사람들끼리 주고받은 서간문 등을 모름지기 읽어 안목을 넓혀야 한다. 또 『아주잡록(鵝洲雜錄)』, 『반지만록(盤池漫錄)』, 『청야만집(淸夜漫漫)』 등의 책은 반드시 널리 찾아서 두루두루 보아야 할 것이다.

천하의 불효자였던 한나라의 조괄은 아버지의 글을 잘 읽었기 때문에 나중에는 어진 아들이 되었다고 생각한다. 너희들이 참말로 독서를 하고자 않는다면 내 저서는 쓸모없는 것이 되고 말 것이다. 내 저서가 쓸모없다면 나는 할 일이 없는 사람이 되고 만다. 그렇다면 나는 앞으로 마음의 문을 닫고 흙으로 빚은 사람처럼 될 뿐 아니라 열흘이 못 가서 병이 날 거고 이 병을 고칠 수 있는 약도 없을 것인즉 너희들이 독서하는 것은 내 목숨을 살려주는 것이다.

다산은 자식들이 우리 문학을 읽고, 우리 역사에 대해 먼저 알아야 함을 강조한다. 『반지만록』과 『청야만집』은 모두 조선시대 야사집이다. 또 자신의 책을 자식들이 읽어주지 않는다면 의미 없는 삶이 되어 병이 나서 죽을 것이니, 독서가 자신의 목숨을 살리는 일이라고 강권하고 있다.

텍스트를 넘는 독서

읽는 행위는 그 자체가 생각하는 일이다. 텍스트를 읽으면서 어떤 내용인가를 이해하고, 의미를 생각한다. 이러한 가운데 지식이 축적되고, 나아가 텍스트 내용과 자기 생각이 연결되면서 비판적 사고를 하거나 주견을 세운다. 보통 책을 읽을 때 내용에만 집중해서 배우고 익히는 데 초점을 둔다. 하지만 이렇게 해서 얻은 지식은 텍스트의 수준을 넘어설 수 없다. 저자가 되기 위해서는 텍스트를 재해석하고, 자신만의 견해를 만들어나가야 한다.

정약용은 한 권의 책을 쓰기 위해 수많은 책을 읽었다. 그리고 책에서 필요한 내용만 골라내어 일목요연하게 정리하여 묶고 자기의 주견을 추가하는 방식으로 저술했다.

필자도 써야 할 책의 주제가 정해지면, 관련 책을 30~50권 정도 읽는 것부터 시작한다. 하브루타 책을 쓰면서 하브루타 책은 물론 거꾸로 교실, 토론 수업, 배움의 공동체 등 다양한 수업 모형에 관한 책을 두루 읽었다. 그 과정에서 아이디어를 얻고 하브루타와 접목을 시도하면서 새로운 모형을 개발했다. 메타인지 수업 책을 쓸 때는 수많은 뇌 과학과 인지심리학책을 읽어야 했고, 하브루타 4단계 공부법을 쓰면서는 유대인에 관한 책은 물론 우리나라 공신들의 공부법 책까지 두루 섭렵했다. 이렇게 읽다 보면 써야 할 책의 윤곽이 정해진다. 그리고 다른 책과 차별된 나만의 메시지를 정할 수 있게 된다.

3. 목차 정하기

목차와 편목

한 가지 주제에 대해 여러 권의 책을 읽게 되면, 자연스럽게 써야 할 책의 흐름이 떠오른다. 그 흐름을 정리하면 목차가 된다. 이제 읽기를 넘어 본격적인 책 쓰기를 위한 단계이다. 다산은 자신이 쓸 책의 목차를 먼저 정한 후에 필요한 내용을 다른 책에서 찾는 것이 초서의 묘미라고 말한다. 아들에게 쓴 편지에서 다음과 같이 적고 있다.

초서(抄書)하는 방법은 반드시 먼저 자기의 뜻을 정해 만들 책의 규모와 편목을 세운 뒤에 남의 책에서 간추려내야 맥락이 묘미가 있게 된다. 만약 그 규모와 목차 외에도 꼭 뽑아야 할 곳이 있을 때는 별도로 책을 만들어 좋은 것이 있을 때마다 기록해 넣어야만 힘을 얻을 곳이 있게 된다. 고기 그물을 쳐놓으면 기러기란 놈도 걸리게 마련인데 어찌 버리겠느냐?

책의 규모와 편목을 세운다는 것이 목차를 정한다는 의미이다. 편목(篇目)은 한 권의 책 안에서 그 내용이 일정한 큰 단락으로 나뉠 때, 각 단락의 제목을 의미한다. 바로 목차의 소제목이 편목이다. 꼭지라고도 한다. 결국 여러 소제목을 하나하나 완성하다 보면 전체 목차가 완성되고, 한 권의 책이 된다.

이러한 편목 단계에서 중요한 것은 필요한 자료를 주제별로 분류하는 것이다. 그래야 필요할 때 바로 꺼내 활용할 수 있다. 다산은 “고기 그물을 쳐놓으면 기러기란 놈도 걸리게 마련인데 어찌 버리겠느냐?”라고 말하고 있다. 이는 다른 주제의 내용이 나오면 버리지 말고 별도로 정리하라는 의미이다. 실제 다산은 여러 권의 책을 동시에 집필하는 경우가 많았다.

취사선택 기준

목차를 정하면 취사선택의 기준이 생긴다. 초서 독서의 핵심은 베껴 쓰기인데 어떤 문장을 취사선택하느냐가 중요하다. 목차에서 편목이 정해지면 구체적으로 어떤 내용을 써야 할지 정해진다. 비로소 책을 읽으면서 필요한 내용을 찾는 취사선택의 기준이 생기는 것이다.

처음부터 목차를 정해서 하나하나 소제목을 구성할 수도 있지만, 반대로 몇 개의 소제목을 먼저 만든 후 최종 목차를 구성할 수도 있다. 결국 책의 짜임새는 편목이라고 하는 소제목의 구성에 달려 있다.

이처럼 다산은 여러 권의 책을 읽으면서 주제별로 분류한 후 소제목을 정하고 목차를 만드는 일을 중시했다. 목차와 소제목이 정해지면 책의 방향이 정해지고 목표가 정립된다. 아울러 추가로 읽어야 할 책이 정해지고, 읽으면서 취하고 버려야 할 부분이 명확해진다. 따라서 집중력을 유지하면서 효율적인 독서를 하게 된다. 이 과정에서 다양한 자료가 분석, 종합되면서 주견을 세우고 자신의 사상 체계가 명확해진다. 다산이 500권의 책을 쓰면서도 어느 한 권 부족함 없이 쓸 수 있었던 비결이다.

4. 취사선택하기

정보의 홍수

다산이 살았던 18세기에는 청나라로부터 많은 책이 쏟아져 들어왔다. 조선의 지식인들도 앞다투어 책을 냈다. 그들이 책을 내는 방식은 흩어져 있는 자료를 수집하고, 필요한 정보를 선택하고 정리해서 유용한 지식으로 만드는 것이었다. 어쩌면 이러한 시대적 배경이 다산이라는 천재를 낳은 것 같다. 다산은 여러 책 중에서 필요한 내용을 취사선택하고 분류한 후 정리하는 대가였다. 다산은 책을 두루 읽다가 중요한 문장, 의미 있는 문장, 인용해야 할 문장, 참고해야 할 문장을 선택했다.

이 책 저 책에서 선택한 문장을 내용에 따라 묶어서 의미를 정리하고 주견을 밝히면 책이 되는 것이다. 둘째 형인 정약전에게 보낸 편지 내용을 통해 여러 책에서 필요한 것을 가려 뽑아 완벽한 자기 학문으로 만드는 다산의 모습을 볼 수 있다.

평생 논어에 대한 고금의 여러 학설을 수집한 것이 적지 않았습니다. 매번 한 장(章)을 대할 때마다 고금의 여러 학설을 다 살펴보고, 그 가운데 좋은 것을 취하여 뽑아 적고, 논란이 있는 것은 가져다 논단(論斷)하였습니다. 이제야 비로소 이것 외에는 새로 보충할 만한 것이 없다고 말하렵니다.

이렇게 쓴 책이 논어고금주(論語古今註) 40권이다. 다산은 논어의 여러 주석을 펴놓고 그중에 좋은 것을 선택해서 옮겨 적었다. 그리고 책마다 의견이 엇갈리는 것은 스스로 판단하여 결론을 내렸다.

다산에 비길 바 못 되지만, 필자도 논어를 한자로 필사하면서 우리 말로 풀이한 적이 있다. 모르는 한자는 옥편을 찾아 스스로 뜻을 해석했다. 한문이 전공이 아닌지라 막힐 때가 많았다. 그럴 때는 여러 권의 논어 해설서를 펼쳐 두고 모두 읽어보았다. 그리고 가장 마음에 드는 해설을 취해 쓰거나 나의 표현으로 재구성해서 적었다.

취사선택의 중요성

다산이 많은 책을 읽은 비결은 취사선택이다. 중요한 것과 그렇지 않은 것을 구분했다. 필요한 내용은 뽑아 쓰고, 그렇지 않은 내용은 눈여겨보지 않고 흘려보냈다. 이런 식으로 그는 백 권 분량의 책을 열흘 정도의 공으로 볼 수 있다고 주장한다. 다음은 아들에게 쓴 편지 중에서 취사선택에 관한 내용만 모은 글이다.

먼저 자신의 생각을 정리한 후 그 생각을 기준으로 취할 것은 취하고 버릴 것은 버려라.

학문의 요령에 대해서는 전번에 대강 이야기했는데 너희들은 벌써 잊어버린 모양이구나. 그렇지 않고서야 왜 남의 저서에서 요점을 뽑아내어 책을 만드는 방법에 대해 의심나는 것이 있다고 다시 이러한 질문을 했느냐?

이제 한 권의 좋은 책이 될 수 있는 체재를 보내니 이 체재에 의거해 『주자전서』 가운데서 취택하여 책을 만들어 뒷날 인편에 부치면 내가 되었는지 감정해보겠다. 책이 다 된 후에는 좋은 종이에 깨끗이 적고, 내가 지은 서문을 앞에 실어 항상 책상 위에 놓아두고 너희 형제는 아침저녁으로 암송하도록 하여라.

『고려사』는 빨리 보내주지 않으면 안 되겠다. 거기에서 가려 뽑을 방법은 너희 형에게 상세히 가르쳐주었으니 네 형에게 자세하게 배워라. 아무튼 이번 여름 동안에 너희 형제가 정신을 집중하고 힘을 기울여 『고려사』에서 가려 뽑는 일을 끝마치기 바란다.

이처럼 다산은 편지 여러 곳에서 취사선택의 중요성을 강조하고 있다. 읽으면서 어떤 내용을 선택해서 뽑아낼 것인가를 늘 생각해야 한다. 그런 의미에서 초서 독서의 핵심은 베껴 쓸 내용을 취사선택하는 것이다. 이는 핵심 단어를 연상하면서 필요한 내용을 책에서 찾아내는 일이다. 이 과정에서 고도의 사고력이 발휘된다. 그리고 훨씬 집중해서 읽게 된다.

현대는 정보의 홍수 시대이다. 얼마나 많이 알고 있느냐는 중요하지 않다. 정보의 가치를 판단하기 위해서는 분석력과 판단력이 필요하다. 정보의 진위를 가리고, 필요한 내용을 취할 수 있어야 한다.

필자도 집필을 위한 독서를 할 때는 처음부터 끝까지 정독하지 않고 훑어 읽으면서 필요한 내용만 찾아 읽는다. 예를 들어 박석무의 『유배지에서 보낸 편지』를 읽을 때, 목차를 보면서 어디에 집중해야 할지를 결정한다. '폐족도 성인이나 문장가가 될 수 있다'라는 소제목은 자세히 읽고, '큰아버지 섬기기를 아버지처럼'과 같은 소제목은 대충 읽는다.

자세히 읽어야 할 부분도 핵심 키워드를 머리에 떠올린 상태에서 읽으면 필요한 문장을 쉽게 찾을 수 있다. 이를 베껴 쓰고 문장 앞에 '초서', '질문', '퇴고'와 같은 키워드를 쓴다. 다음에 필요할 때 쉽게 찾기 위해서이다. 이처럼 필요한 내용을 선택해서 수용과 공감, 비판과 재해석이 더해질 때, 자기 생각을 더하고, 명확한 주견을 세우게 된다.

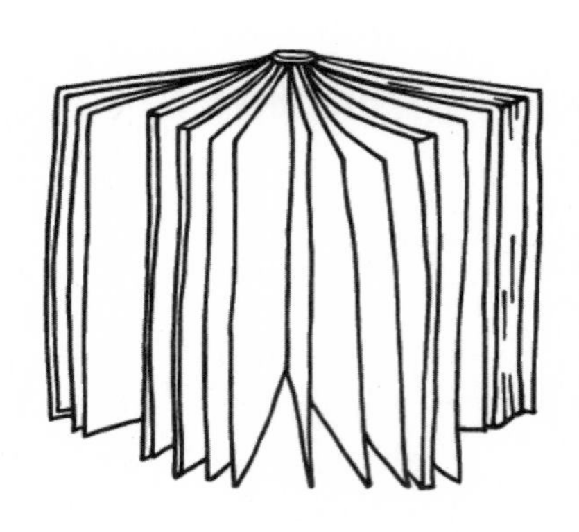

5. 초서(抄書) – 베껴 쓰기

주제별 분류

초서의 핵심인 '베껴 쓰기' 단계이다. 주제를 정하고 주견을 세우면, 책을 읽으면서 필요한 문장을 선택하고, 이를 베껴 쓴다. 이러한 과정이 어떻게 책이 되는가는 아들 학유에게 보낸 편지를 보면 알 수 있다. 다산이 자기 아버지에게 받은 편지를 아들 학유로 하여금 책으로 만들라는 내용이다. 자잘한 일은 없애고, 훈계는 베껴 써서, 책으로 정리하라는 권유이다.

돌아가신 아버님께서 내게 주신 편지는 여태도 상자 속에 있느냐? 그저 없어져 버릴까 봐 걱정이로구나. 그 편지들을 꺼내, 자질구레한 세속의 일에 관한 내용은 모두 깎아내고, 훈계와 그리워한 말씀을 취하여, 또한 그 연월을 따져 베껴 써서 한 권의 책으로 만드는 것이 좋겠다.

다산 초서의 특징은 여러 권의 책을 읽고 주제별로 분류해서 베껴 쓰는 것이다. 이렇게 하면 나중에 책을 쓸 때 필요한 자료를 바로 찾을 수 있다. 그리고 주제에 대한 분석과 종합이 쉬워진다. 결국 이 책과 저 책의 내용을 연결하고, 문장과 자기 생각을 연결하여 새로운 아이디어가 떠오르게 되는 것이다. 다음은 베껴 쓰기와 관련한 다산의 편지 내용이다.

이런 식으로 독서를 하며 자신의 공부에 도움이 되는 것을 뽑아서 기록하고 그렇지 않은 것은 재빨리 넘어가라. 이렇게 독서하면 백 권이라도 열흘이면 다 읽을 수 있고, 자신의 것으로 삼을 수 있다.

『고려사』, 『반계수록』, 『서애집』, 『징비록』, 『성호사설』, 『문헌통고』 등의 책들을 읽고 이 중에서 요점을 골라 옮기는 일도 그만둘 수 없느니라.

무릇 국사나 야사를 보다가 집안 선조들의 사적(事蹟)을 보게 되면 즉시 뽑아내 한 권의 책에 기록해두고, 또 선배들의 문집을 볼 때도 마찬가지다. 이렇게 오래도록 하다보면 책이 되어 집안 족보 중에서 빠진 곳을 보충할 수 있을 것이다.

필요한 내용과 요점을 골라내어 베껴 쓰는 것을 꾸준히 하면, 내용을 자신의 것으로 할 수 있고, 책이 된다는 내용이다. 다음은 초서하는 요령에 대해 자세히 설명하고 있다.

초서하는 요령은 한 종류의 책을 펴면 그 책 속에 들어있는 명언이나 선행 중에서 『소학』에는 없지만 『소학』에 넣어도 될 만한 것이 있다면 골라 쓰고, 무릇 경전의 설(說) 가운데서 새로운 것으로 근거가 있는 것을 채록하고, 글자의 근원, 구성원리, 체(體) 음(音), 의(義) 등에 관한 연구나 음운학에 관한 연구 중에서 열 가지 중에 하나 정도 채록하고, 가령 『설령(說鈴)』, 가운데의 유구기정(琉球記程)과 같은 것은 병법에 관한 것으로 취급해서 채록하고, 농학이나 의학에 관한 여러 학설은 먼저 집에 있는 책을 들춰보고 아직까지 없는 학설이라는 것을 확인한 후에 뽑아 적어야 한다.

편지 내용을 정리하면 첫째, 지금 읽고 있는 책에서 명언이나 선행을 베껴 쓴다면, 다른 책의 좋은 내용을 골라 포함해서 적는다. 둘째, 경전의 여러 설명에서 새로운 내용 중 근거가 있는 내용을 모아 적는다. 셋째, 한가지 책에서도 주제를 나누어 적고, 여러 학설 중에서는 기존의 책에서 보지 못한 내용을 뽑아 적는다.

주제를 정해서 이책 저책의 내용을 베껴 써서 한군데 모은다. 의미를 생각하고 서로 다른 해석은 스스로 판단해서 정리한다. 베껴 쓴 내용을 읽다 보면 새로운 아이디어가 떠오르기도 하며, 더불어 다른 해석의 여지는 없는지 비판적으로 살펴볼 수도 있다. 이렇게 필요한 주제를 선택해서 그와 관련한 내용을 모아 기록하고, 다른 책에서 연관된 내용을 포함하면 새로운 책이 되는 것이다.

뇌 활성화

손으로 쓰는 것은 뇌를 가장 활성화하는 활동이다. 베껴 쓰는 순간 뇌는 이를 중요한 정보로 판단하여, 장기 기억으로 보낸다. 현대 뇌 과학은 인간의 신체 중에서 손을 사용할 때 가장 뇌의 여러 영역이 활성화한다는 것을 밝혔다.

뇌에는 신체의 서로 다른 부분을 담당하는 여러 영역이 있다. 캐나다 신경학자 펜필드는 이러한 각 신체 부위를 담당하는 뇌 영역을 크기에 비례하여 그림을 그렸다. 신체 활동과 뇌 영역의 상관관계를 면적으로 표현한 것이다. 이를 '호문쿨루스'라고 하는데 손, 입, 발, 눈, 귀의 순으로 크다. 이는 몸의 여러 기관에서 손이 뇌에 가장 많은 자극을 주는 것이라는 것을 의미한다. 그래서 '화가와 지휘자는 치매에 걸리지 않는다'라는 말이 있다.

연결과 창조

다산은 베껴 쓴 내용을 분류하여 정리했다. 이것은 비슷한 내용을 묶어 배우면 다른 내용까지 미루어 자세하고 분명하게 알게 된다는 촉류방통(觸類旁通)의 공부법이다. 다음은 아들이 닭을 키운다는 말을 듣고 보낸 편지이다.

이미 닭을 기르고 있으니 아무쪼록 앞으로 많은 책 중에서 닭 기르는 법에 관한 이론을 뽑아내어 차례로 정리하여 '계경(鷄經)' 같은 책을 하나 만든다면, 육우라는 사람의 『다경(茶經)』, 유득공의 『연경(煙經)』과 같은 좋은 책이 될 것이다. 속사(俗事)에 종사하면서도 선비의 깨끗한 취미를 갖고 지내려면 언제나 이런 식으로 하면 된다.

닭에 관한 여러 책을 읽고 정리하여 양계(養鷄)에 관한 책을 만들라고 권하는 내용이다. 흩어져 있는 정보를 모으면 정확한 것과 부정확한 것이 가려지고, 유익한 내용과 무익한 내용이 분별된다. 한 가지 책에서 부족한 내용을 다른 책으로 보완할 수 있다.

다산의 책은 완전히 새로운 내용은 거의 없다. 하지만 기존 책의 수준에 머무른 책도 없다. 초서는 여러 책의 문장을 서로 연결하고, 결국은 자기 생각과 연결하는 과정이다. 다산은 초서를 통해 기존 책에서 한 단계 나아가 창조적인 책을 쓸 수 있었다. 창조란 존재하지 않았던 물건을 만드는 것이 아니라, 기존의 정보를 모으고 연결해서 새로운 것을 만드는 것이다.

스티브 잡스는 창의성은 연결이라고 말했다. 지식과 지식을 연결하고, 사물과 사물의 기능을 연결하여 최고의 창의적인 발명품인 애플폰을 만들었다. 그렇다고 본다면 여러 책에서 다양한 지식을 연결해서 새로운 저작물을 수없이 만든 다산이야말로 지식의 창조자이며 가장 창의적인 사람이었다고 볼 수 있다.

6. 질서(疾書) - 깨달아 기록하기

의식의 확장

이제까지 주제를 정해 목차를 세우고, 필요한 내용을 선택해서 베껴 썼다. 이를 체계화하고 정리한 후, 깨달은 내용을 기록하여 생각을 세우면 새로운 책이 된다. 다산은 책을 읽으면서 깨달은 내용이 있으면, 잊기 전에 바로 기록을 했다. 다음은 다산이 반산 정수칠에게 한 말이다.

주역, 서경, 시경, 예기, 논어, 맹자 등은 마땅히 숙독해야 한다. 다만 강구하고 고찰하여 정밀한 뜻을 얻고, 생각한 것을 그때마다 메모하여 적어야만 실질적인 소득이 있다. 그저 소리내 읽기만 해서는 아무 얻는 것이 없다.

오늘날로 말하면 슬로우 리딩을 하면서 생각과 깨달음을 기록하라는 내용이다. 다산의 독서는 책 쓰기가 목적이었으므로 주견을 세우고, 필요한 문장을 베껴 쓰고, 여기에 깨달은 내용을 기록하는 모든 활동이 고도의 사고력을 요구하고 생각을 더해 가는 과정이다.

그런데 생각은 기록하지 않으면 어느새 날아가 버린다. 책을 읽다가 갑자기 떠오른 깨달음은 다시 떠올리기 어렵다. 따라서 바로 기록해야 한다. 이러한 다산의 독서법을 질서(疾書)라고 한다. '질주(疾走)한다'에서 '질'이란 '빨리'라는 뜻이다. 질서는 생각이 달아나기 전에 빨리 기록하는 것을 말한다. 그래야 생각을 붙잡을 수 있기 때문이다.

다산은 책을 읽고 베껴 쓰면서 깨달은 내용을 기록했다. 기존 내용에 자기 생각을 추가한다. 이른바 의식의 확장이다. 결국 독서를 통해 생각의 폭을 넓혀야 한다. 이제까지 읽고 베껴 쓰고 한 모든 과정은 의식을 확장하기 위한 과정이다.

베껴 쓴 내용에 자기 생각을 추가하고, 필요하면 다른 책에서 내용을 가져와 보완한다. 책과 자기 생각을 연결하고, 그 내용을 기록한다. 이제 기존 책의 수준을 넘어 다산의 깨달음을 포함한 책이 탄생하는 것이다.

질문하기

이러한 깨달음은 수용하는 독서가 아닌, 질문하는 독서를 통해 가능하다. 이해에 그치지 않고 내용에 대해 끊임없이 의심하고 질문해야 한다. '저자가 전하려는 메시지는 무엇인가?', '그 메시지는 타당한가?', '다른 해석은 없을까?'를 질문한다. 의심하고 비판하는 질문이 생각을 자극하고, 깨달음을 낳으며, 창의성과 연결된다. 다음은 자식들이 질문하지 않는 모습에 실망하고, 이를 책망하는 다산의 편지이다.

내가 지금까지 너희들 공부에 대해서 글과 편지로 수없이 권했는데도 너희는 아직 경전(經傳)이나 예악(禮樂)에 관해 하나도 질문을 해오지 않고 역사책에 관한 논의도 보여주지 않고 있으니 어찌 된 셈이냐? 너희들이 내 이야기를 이다지도 무시한단 말이냐? (중략) 너희 마음속에 착한 행실을 즐겨하고 공부하려는 뜻이 전혀 없는 것이다.

이어서 질문이 어떻게 책이 되는가를 다음과 같이 설명하고 있다.

예컨대 자객전(刺客傳)을 읽을 때 기조취도(旣祖就道)라는 구절을 만나 "조(祖)란 무슨 뜻입니까?"라고 물으면, 선생은 "이별할 때 지내는 제사다"라고 대답할 것이다. "그렇다면 그러한 제사에다 꼭 조라는 글자를 쓰는 뜻은 무엇입니까?"라고 다시 묻고, 선생이 "잘 모르겠다"라고 대답하면 집에 돌아와 자서(字書)에서 조라는 글자의 본뜻을 찾아보고 자서에 있는 것을 근거로 하여 다른 책을 들추어 그 글자를 어떻게 해석했는가를 고찰해보고 그 근본된 뜻만 아니라 지엽적인 뜻도 뽑아 두고서, 『통전(通典)』이나 『통지(通志)』, 『통고(通考)』 등의 책에서 조제(祖祭)의 예를 모아 책을 만들면 없어지지 않을 책이 될 것이다.

사마천의 『사기(史記)』에서 자객전 편을 읽다가 의문이 생기면 스승에게 물어보고, 해결되지 않으면 스스로 여러 책을 찾아 고찰해서 필요한 내용을 뽑으면 책이 된다는 내용이다. 궁금한 것은 질문하고 해결책을 탐구하는 과정에서 지식이 견고해지고 책을 쓰는 재료가 되는 것이다.

작가는 책을 쓰면서도 끝없이 질문해야 한다. 질문은 내 안에 있는 글감을 문장으로 드러낸다. 책 쓰기는 질문에 답하는 과정이다. '왜 책을 쓰는가?', '어떤 책을 쓸 것인가?', '독자는 누구인가?', '핵심 메시지는 무엇인가?'에 대한 질문에서 책 쓰기는 출발한다. 그리고 독자의 예상 질문에 대한 해답이기도 하다. '왜 이 책을 읽어야 하는가?', '이 책을 통해 나는 무엇을 얻을 수 있는가?', '이 책을 통해 무엇을 배울 수 있나?' 등의 예상에 답해야 한다.

유대인이 노벨상 200명을 배출하고 구글과 페이스북을 창업하여 4차 산업혁명을 이끄는 것도 질문의 힘이다. 이천 년 동안 나라 없이 세계를 떠돌며 제대로 된 교육을 받지 못했던 유대인이 발견한 공부법이 바로 질문이었다. 탈무드를 읽고 질문을 만들고, 그 질문으로 짝과 토론하면서 생각을 키웠다.

질문은 모르는 것을 알아가는 과정이기도 하지만, 생각을 두 배로 만드는 방법이었다. 유대인 격언에 '쇠가 쇠를 날카롭게 한다'라는 말처럼, 친구와 질문으로 토론하면서 더 많이 배울 수 있었다. 물건은 나누면 반이 되지만, 생각은 나누면 두 배가 되고, 그 이상이 되기도 한다. 질문이 생각을 끌어내고 창의성을 끌어낸 것이다.

문장을 베껴 쓰는 과정에서 내용이 정리되고, 책과 내 생각이 연결된다. 그리고 텍스트에 질문하면서 생각이 자극되고, 기존에 하지 못했던 새로운 아이디어가 떠오른다. 이제 책에서 배우는 단계가 아니라 책을 넘어서 새로운 지식을 창조하는 단계이다.

온고지신 법고창신

읽기만 하거나 생각만 해서는 남는 게 없다. 텍스트에 질문하고 이를 해결하기 위해 여러 책에서 필요한 자료를 뽑는다. 책을 통해 내 생각을 끌어내고, 이를 기록해야 한다. 이렇게 기록한 생각이 모이면 책이 된다. 다산은 정보를 수집하고 분류한 후, 자신의 견해를 정립해서 책을 썼다. 결국 초서 독서법은 옛것을 익혀서 새것을 아는 온고지신(溫故知新)의 공부이며, 옛것을 토대로 새로운 것을 만들어내는 법고창신(法古創新)의 독서법인 것이다.

7. 초서 독서법 특징

정약용을 신임했던 정조도 초서 독서로 유명하다. 그는 신하, 유생들과의 대화를 적은 『일득록』에서 다음과 같이 초서의 중요성을 강조했다. "내가 어릴 적부터 즐겨한 독서법은 초서였다. 내가 직접 필사해서 책을 이룬 것만 해도 수십 권에 달한다. 그 과정에서 얻은 효과가 매우 크다. 그냥 읽는 것과는 차원이 다르다." 초서 독서법의 특징은 다음과 같다.

첫째, 책 읽기와 책 쓰기를 연결하는 독서이다. 초서는 주제를 정한 후 관련 책을 읽으면서 필요한 내용을 선택하여 베껴 쓰는 것이다. 이렇게 하면 많은 책을 읽으면서도 핵심은 추려낼 수 있다. 책 쓰기가 목표라고 한다면, 초서 독서가 이를 가능하게 해준다. 정약용의 500권이 아니더라도 필자의 경험이 이를 입증한다. 지금도 필자는 책 쓰기와 정약용에 관한 여러 책을 읽으면서 초서한다. 초서한 내용을 정리하고, 나만의 언어로 재구성하면 새로운 문장이 탄생한다. 초서는 다양한 자료를 읽고 분석하고 종합해야 하는 책 쓰기를 위해 효과적인 독서법이다.

둘째, 뇌를 활성화하는 독서이다. 초서는 눈으로 읽고, 손으로 쓰는 독서이다. 여러 감각을 동시에 사용하면 뇌는 그만큼 바빠진다. 뇌는 본래 운동을 위한 기관이다. 그래서 움직이는 동물에게는 뇌가 있지만, 식물은 뇌가 없다. 초서는 눈으로 읽으면서 머리로는 쉴 새 없이 필요한 문장을 찾는다. 이런 과정은 선택과 판단의 시간이다. 이때 뇌는 보통 독서 때보다 훨씬 집중하게 된다.

이를 통해 생각을 자극하고 창의력을 발휘하게 된다.

셋째, 의식을 확장하는 독서이다. 독서의 목적이 지식의 확장인 시대는 지났다. 키워드 입력만으로 관련 지식을 수십 또는 수백 개까지 검색할 수 있다. 이제 독서의 목적은 지식의 확장이 아닌 의식의 확장이어야 한다. 식물이 자라기 위해 물과 빛이 필요하고, 화학 반응이 일어나기 위해 촉매가 필요하다. 마찬가지로 생각이 자라기 위해 독서가 필요하다. 읽으면서 가려 뽑아 베껴 쓰고 그 내용을 곱씹을 때 의식의 확장으로 이어진다. 무엇보다 생각을 자극하여 텍스트에서 새로운 아이디어를 끌어낸다. 초서가 바로 그런 독서이다.

넷째, 질문하는 독서이다. 독서 전문가인 권영식은 『다산의 독서 전략』에서 다산은 책을 읽으면서 깨달음에 도달할 때까지 회의를 멈추지 않았다고 밝힌다. 회의는 단순히 성현의 견해를 비판하는 것이 아니라 참다운 깨달음에 도달하는 방법이다. 다산은 독서를 하는 데 의심하고 기록하는 것이 무엇보다 중요하며, 이를 통해 학문의 성장이 있다고 믿었다. 다산은 의심나는 내용은 또 다른 책을 통해서 해결책을 찾았고, 이런 과정에서 문제의 본질에 접근할 수 있었다.

다섯째, 메타인지를 높이는 독서이다. 메타인지는 두 가지 요소가 있다. 아는 것과 모르는 것을 아는 자기 평가 능력과 목표 달성을 위해 계획하고 실천하는 자기 조절 능력이다. 책 쓰기를 위해서는 자기가 어떤 분야의 책을 쓸 수 있는지, 쓰기 위해 내가 갖춘 능력은 어느 정도이며 부족한 부분은 어떻게 채울지, 내가 쓰고 싶은 책과 비슷한 분야의 책과 어떻게 차별화할 것인지에 대해 알아야 한다. 무엇보다 필요한 내용을 취사선택하는 것이 메타인지 능력이다. 그런 의미에서 초서 독서법은 메타인지를 올리는 최고의 독서법이다.

이제 지식을 얻는 독서에서 지식을 창출하는 독서가 되어야 한다. 책은 얼마나 많이 읽었느냐가 중요하지 않다. 한 권을 읽어도 내 생각을 끌어내어야 한다. 그래서 정보의 소비자에서 정보의 생산자가 되어야 한다. 초서 독서가 바로 그런 독서이다.

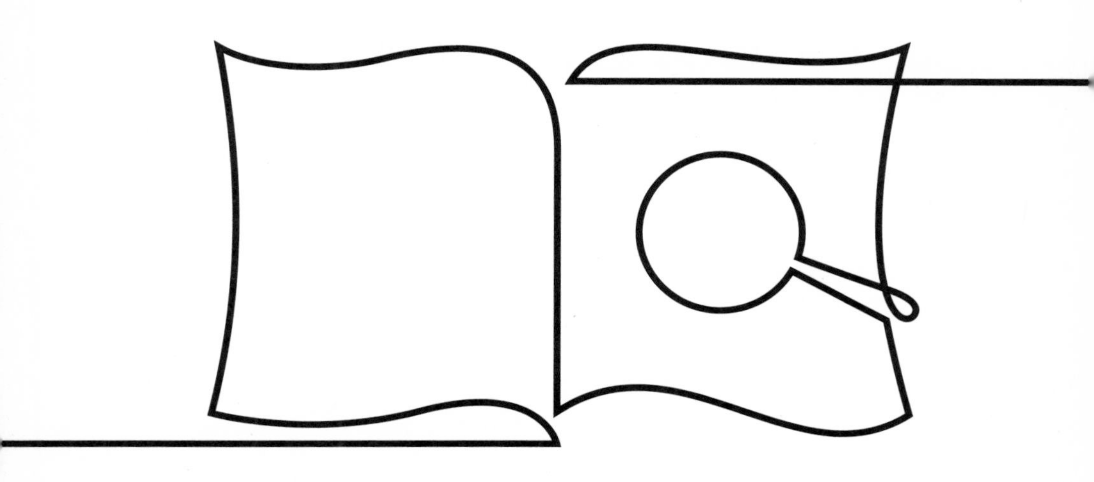

8. 필자의 삼색 초서 독서법

필자는 초서 독서법으로 6권의 책을 썼다. 책의 주제가 정해지면 일단 관련 책을 30~50권 정도 읽는다. 처음부터 끝까지 정독하는 책도 있지만, 대부분 필요한 내용을 찾아 집중하는 발췌독을 했다. 책장을 넘기며 가볍게 스캔하다가 찾는 키워드나 내용이 나오면 집중하고, 필요하면 기록했다. 그리고 떠오르는 생각도 함께 적었다. 읽으면서 중요한 문장, 인용할 문장, 떠오르는 생각을 구분하여 노트에 적은 것이 핵심이다.

이러한 독서법이 다산의 초서 독서법과 일치한다는 것을 권영식 선생의 『다산의 독서전략』을 읽으면서 알게 되었다. 이미 하브루타 관련 책 두 권을 쓴 이후였다. 하브루타에 대해 수십 권의 책을 읽으면서 필요한 내용을 베껴 쓰고 떠오르는 생각을 기록했다. 그리고 이를 정리하고 수업 사례를 포함하니 책이 되었다. 초서 독서법이 필자를 작가로 만들어 준 것이다. 다음은 필자가 실천한 삼색 초서 독서법이다.

첫째, 중요한 내용은 검은색 펜으로 적는다. 주제 이해에 도움을 주는 핵심 내용이나 공감 가는 내용을 베껴 쓴다. 나중에 주제가 같은 다른 책 내용과 연결하면 전체적인 분석과 종합, 정리가 가능하다. 또한 원고를 쓰면서 마땅한 아이디어가 떠오르지 않을 때, 이를 다시 읽다 보면 문제가 해결되기도 한다.

둘째, 인용하고 싶은 내용은 파란색 펜으로 적는다. 자기 생각만으로 독자를 설득할 수 없는 경우가 많다. 자신의 주장을 뒷받

침하는 전문가의 한마디는 내용에 신뢰감을 더한다. 이때 전문가나 관련 저자의 글을 인용함으로 자기 생각에 객관성과 타당성을 더할 수 있다. 적재적소에 들어가는 전문가의 말은 내용 이해에 도움을 줄 뿐 아니라 책의 수준을 높여준다.

셋째, 떠오르는 생각은 빨간색 펜으로 적는다. 책을 읽으면서 자기 생각을 끄집어내는 것이다. 이는 독서의 최종 목적이며, 책 쓰기로 바로 연결된다. 이때는 읽으면서 의식적으로 질문하고 생각을 끄집어내는 노력이 필요하다. '작가의 생각에 문제는 없을까?', '작가가 말한 내용을 나는 어떻게 정리하고 표현할까?'를 고민하고, 떠오르는 생각은 바로 빨간 펜으로 적는다. 이는 기존 책에서 새로운 책으로 변신하는 단계이다. 이 기록이 새로운 책의 원고가 된다.

이처럼 책에서 중요한 내용은 검은색 펜, 인용할 내용은 파란색 펜, 떠오른 생각은 빨간색 펜으로 기록한다. 그리고 문장 앞에 내용의 키워드를 표시한다. 그러면 본격적으로 원고를 쓸 때 필요한 내용을 바로 찾을 수 있다. 예를 들어 하브루타 책을 쓰면서 질문을 키워드로 한 문장들만 찾아 정리하면, 여러 책의 질문에 관한 내용을 쉽게 연결할 수 있다. 그리고 키워드에 관한 생각이 논리적으로 구체화된다.

이런 초서법으로 책을 읽으면서 한 분야의 독서 노트가 3권 정도 되면 자연스럽게 책의 윤곽이 잡히면서 목차가 정해진다. 그 후 빨간색 펜으로 쓴 내용들을 목차에 맞게 적절히 배치하고, 파란색 펜으로 쓴 내용을 인용하고 자기 생각과 연결하면 초고를 완성하는 데 큰 도움이 된다.

수많은 사람이 책을 읽지만, 책 쓰기에 도전하는 사람은 일부이다. 물론 독서만으로도 큰 효과가 있고 사람을 변화시킨다. 하지만 자신이 어떤 분야의 전문가이든지, 강사 활동을 한다든지, 한 분야에 진심으로 마니아라고 한다면 책을 쓰고 싶은 욕구가 생기기 마련이다. 이런 사람들일수록 독서를 더 많이 하는 경향이 있다.

독서의 완성은 책 쓰기이다. 독서법만 바꾸어도 독자에서 작가로 변신할 수 있다. 방법은 초서 독서이다. 책을 읽으면서 필요한 문장은 베껴 쓰자. 그리고 떠오르는 아이디어를 기록해보자. 이런 방법으로 한 분야에 관한 책을 수십권 읽었다면, 틀림없이 책을 쓸 수 있다. 정약용이 이런 방법으로 18년 만에 500권의 책을 썼다. 그리고 3년 동안 60권의 책을 출간한 독서 전문가 김병완도 초서 독서법을 "읽고 가려 뽑아, 내 글로 정리하는 힘"이라고 소개한다. 그리고 필자도 초서 독서법으로 1년에 한 권씩, 6년 동안 6권의 책 쓰기를 실천하고 있다.

5장. 책 쓰기 실제

루틴 만들기

책을 쓰기 전에 먼저 자신에게 다음과 같은 질문을 하고 한두 줄로 답해 보기 바란다.

무엇을 쓸 것인가?
왜 책을 쓰려고 하는가?
내가 쓴 책을 누가 읽을 것인가?
내 책을 읽고 독자는 어떤 도움을 받을 것인가?

질문에 명확한 답을 했다면, 책 쓸 준비는 끝났다. 구슬이 서 말이라도 꿰어야 보배이다. 이번 장은 구체적으로 책을 쓰는 과정을 안내한다. 주제를 정하고 자료를 수집한 후, 이를 바탕으로 목차를 정한다. 이제 초고부터 퇴고에 이르는 대장정에 들어간다. 필자는 이 과정이 보통은 3~4개월, 길게는 일 년까지 걸렸다. 일 년 걸렸을 때는 슬럼프가 와서 오랫동안 쉬었기 때문이다.

책 쓰기에 들어가면 글쓰기를 루틴으로 정해놓고 습관화해야 한다. 무슨 일을 하든지 가장 잘할 수 있는 비결은 습관으로 만드는 것이다. 공신들은 공부가 습관이고, 프로 선수들은 운동이 습관이다. 글쓰기를 습관화하는 데는 두 가지 방법이 있다.

첫째, 글 쓰는 시간을 정해두는 것이다. 무라카미 하루키는 소설을 쓸 때 항상 새벽 네 시에 일어나서 대여섯 시간 동안 썼다. 나머지는 마라톤과 수영, 독서와 음악 감상 등으로 보냈다. 실제 새벽에 글을 쓰는 작가가 많다. 누구로부터 방해받지 않는 자신만의 시간을 가질 수 있기 때문이다. 물론 사람마다 잘 써지는 시간은 다르다. 자신이 가장 좋은 컨디션과 집중력을 유지할 수 있는 시간을 정하면 된다. 필자는 밤 8시부터 10시까지 시간을 정해두고, 이 시간은 꼭 글을 쓰려고 노력한다. 물론 틈나는 대로 자료 읽기와 쓰기를 계속한다.

둘째, 글 쓰는 분량을 정하는 것이다. 이는 소설가 김훈의 방법이다. 김훈은 작업실 벽에 필일오(必日五)라고 써놓고 하루에 200자 원고지 5매씩 쓰기 위해 노력했다고 한다. 어떤 날은 금방 써지고, 어떤 날은 시간이 오래 걸린다. 이런 변화가 지루함을 없앤다. 분량을 정할 때 최소한으로 하는 것이 좋다. 왜냐하면, 실패하지 않고 꾸준히 쓰는 자신감을 얻는 것이 중요하기 때문이다. 최소 분량을 정해놓고 잘 써질 때는 분량을 넘기는 것도 글 쓰는 행복이 된다.

글 쓰는 시간은 오롯이 자신과 마주하는 시간이다. 글쓰기가 습관이 되면 매일 성취감을 누리고, 어느새 글쓰기가 고통이 아닌 즐거움으로 바뀌게 된다. 자신이 쓴 글에 감탄하는 기분 좋은 일도 종종 생긴다. 좋아하는 분야의 주제를 정해놓고 매일 쓴다면 쌓여있는 글감을 정리하는 것만으로 좋은 책이 될 수 있다.

막상 책 쓰기를 시작하면 '어떻게 책 한 권을 완성하지?'라는 생각으로 막막할 때가 많다. 이때는 매일 한 꼭지씩만 완성한다고 생각하면 된다. 40~50개 정도의 꼭지가 있다면 하루에 한 꼭지를 쓴다는 마음을 가지는 것이다. 그러면 약간의 여유를 두더라도 두 달 남짓이면 초고를 완성할 수 있다. 한 달 정도 퇴고를 하더라도 석 달이면 원고가 완성되는 것이다.

'돌아가는 길이 지름길이다'라는 말이 있다. 글 쓰는 시간을 확보하고 매일 한 꼭지씩 짧은 글이라도 꾸준히 쓰다 보면, 어느새 완성된 원고를 만나게 될 것이다. 결국 짧은 글이라도 매일 쓰는 습관이 작가가 되는 지름길이다.

저장과 백업

원고는 저장과 백업이 필수이다. 심혈을 기울여 쓴 원고가 저장 실수나 컴퓨터 문제로 날아간다면 돌이킬 수 없다. 필자는 파일 이름에 '책 쓰기 원고 20220724'와 같이 날짜를 포함해 매일 다른 이름으로 저장한다. 이렇게 하면 혹시 삭제한 문장이 다음에 필요할 때 요긴하게 되살릴 수 있다.

백업의 중요성은 아무리 강조해도 지나치지 않다. 이제껏 쓴 글이 한 번에 날아가는 것은 상상만으로도 끔찍한 일이다. 컴퓨터의 내장 하드나 외장 하드, USB는 언제나 손상될 수 있다. 가장 안전한 백업은 웹 클라우드 서비스이다. 구글 드라이버나 네이버 드라이버는 무료로 대용량을 저장할 수 있다. 이제까지 안전상에 문제가 된 적이 없다. 카카오톡의 '나와의 채팅'을 이용하기도 한다. 학교 컴퓨터로 한 꼭지를 쓰다가 퇴근해서 집 컴퓨터로 작업할 경우 쉽게 이어 쓸 수 있다. 포털사이트 이메일의 '내게 쓰기'에 저장하는 방법도 있다.

한 권의 책을 완성한다는 것은 대단한 일이다. 때로는 그만두고 싶을 때도 있는 자신과의 싸움이다. 하지만 책 쓰기는 가장 유익한 도전이다. 분명히 책 쓰기 전과 책 쓴 후의 나는 달라져 있을 것이다. 스스로 최고의 성취감을 느낄 수 있고 타인으로부터 인정받는다. 그리고 독자 누군가에게는 새로운 길을 열어주는 선한 영향력을 끼칠 수 있다. 책을 쓰는 과정은 다음과 같다.

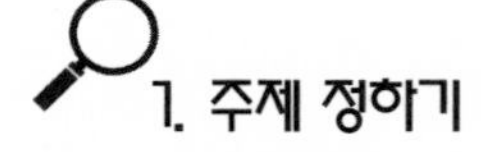

1. 주제 정하기
2. 자료 수집
3. 목차 작성
4. 초고 쓰기
5. 퇴고하기

1. 주제 정하기

브랜드가 주제

책 쓰기의 시작은 주제를 정하는 것이다. 책의 소재가 되는 내용은 무궁무진하다. 자기 직업에서의 전문 분야, 꾸준히 활동한 취미나 스포츠, 흥미나 특기 등 삶의 모든 모습이 주제가 될 수 있다. 이 중에서 자신만의 이야기를 가장 잘 담을 수 있는 것을 주제로 정하면 된다.

주제를 정할 때는 자신의 브랜드가 무엇인지 생각해보는 것이 좋다. 브랜드는 자신만의 장점이자 특징을 말한다. 교사만 하더라도 전공 지식, 수업, 평가, 진로, 입시와 진학, 담임, 상담, 전문적 수업 공동체 등 다양한 분야에서 자신만의 브랜드를 가질 수 있다.

교사로서 필자의 브랜드는 하브루타 수업이었다. 소문이 나면서부터 강의 요청이 이어졌고, 강의 내용을 그대로 글로 쓴 책이 첫 번째 책이었다. 자신의 브랜드를 알기 위해 다음 질문에 답해보자

내가 무엇을 잘하는지?
내가 무엇을 좋아하는지?
다른 사람이 어떤 일로 나에게 도움을 요청하는지?

이 질문에 대한 답이 자신의 브랜드이고, 이와 관련한 주제를

정하면 된다. 자신의 브랜드가 책이 되는 순간, 세상이 인정하는 브랜드가 된다.

주제의 기준

책을 쓰고 싶은 마음은 있는데 시작을 못 하는 이유는, 무엇을 써야 할지가 정해져 있지 않기 때문이다. 초보 작가는 다음 세 가지를 생각하면 주제에 쉽게 접근할 수 있다.

첫째, 자신이 잘할 수 있는 일이다. 직업으로 하는 일이 될 수도 있고 취미가 될 수도 있다. 이것 하면 남들이 나를 떠올릴 수 있는 일이라면 금상첨화다. 이 일로 남들이 도움을 요청하는 일이 많고, 실제 도움을 준다면 그 자체로 스토리텔링이다. 자신이 가장 많이 경험해보고, 그 과정에서 시행착오도 겪어보고, 잘한다고 소문이 나기도 했다면 그 분야에 관한 책을 바로 써야 한다. 꼭 전문 분야가 아니라도 좋다. 여행, 요리, 일상의 기록이 모두 책의 소재이다. 반드시 잘할 필요는 없다. 책을 쓴 후에는 특별히 잘하는 사람으로 바뀌어 있을 것이다.

둘째, 자신이 좋아하는 일이다. 천재는 노력하는 사람을 이길 수 없고, 노력하는 사람은 즐기는 사람을 이길 수 없다는 말이 있다. 좋아하면 습관이 되고, 습관이 되면 전문가가 된다. 좋아해서 습관처럼 많이 하는 일이 무엇인가 생각해보자. 취미에서 특기가 된 이야기라면 충분하다. 좋아하는 일에 대해 자료를 찾아보는 것만으로도 즐거운 일이다. 좋아하는 일이 책이 되는 과정은 최고의 행복이다. 책 쓰는 과정이 고통이 아닌 행복이 될 수 있다. 좋아하는 일로 책 쓰기에 도전하라.

셋째, 지금 하는 일이다. 교사라면 수업, 아이를 키우고 있다면 육아, 셰프라면 요리에 관해 쓰면 된다. 반드시 의사, 변호사 같은 전문 분야가 아니어도 좋다. 교사라도 과목이 다르고 수업 방법이 다르고 학생이 다르다. 그래서 필자는 수업 방법으로만 세 권의 책을 썼다. 육아도 마찬가지다. 부모의 직업과 양육 방법에 따라, 아이의 성향에 따라 똑같은 육아 이야기는 없다. 모두가 자기만의 스토리텔링이다. 하지만 독자에게는 경험자의 소중한 경험이고 참고 자료가 된다. 지금 하는 일을 사람들과 공유하고 더 잘하고 싶다면 바로 책을 써야 한다.

넷째, 더 배우고 싶은 일이다. 더 잘하고 싶고, 더 많이 알고 싶은 분야가 있다면 책 쓰기에 도전해야 한다. 이미 그 분야에 대한 충분한 관심을 가지고, 필요성도 있는 상황이다. 다른 어떤 방법보다 책을 쓰면서 더 많이 배우게 될 것이다. 책을 쓰기 위해서는 늘 읽고, 생각하고, 자료 조사하고, 때로는 직접 발로 뛰고, 몸으로 경험해야 한다. 한 줄을 쓰기 위해 고민과 생각을 거듭한다. 가장 많이 배우는 방법은 책을 쓰는 것이다. 이후 당신은 남들이 인정하는 전문가가 되어 있을 것이다.

만약 책은 쓰고 싶은데 위 네 가지에 해당하는 것이 없다면, 혹은 아직도 무엇을 써야 할지 모르겠다면 책 쓰기보다 글쓰기 근육을 키워야 한다. 이를 위해서 평소에 많이 읽고 기록하는 습관부터 키우고, 블로그 등을 통해 매일 꾸준히 쓰는 훈련을 해야 한다. 글쓰기 습관이 붙고 어느 정도 근육이 생기면 자신이 쓴 글 중에서 마음에 드는 글을 골라보고 주제를 정해서 그 주제를 콘셉트로 꾸준히 써보기를 추천한다. 글쓰기를 위한 습관은 3장에 자세히 안내되어 있다.

글솜씨보다 콘텐츠

글솜씨보다 콘텐츠가 중요하다. 소설가 알랭 드 보통은 “나는 매일 글을 쓰려고 한다. 왜냐하면 영감이 떠오를 때 글을 쓰려고 하면 한 줄도 글을 쓰지 못한다”라고 말했다. 물론 소설이나 시를 쓰고 싶다면 감성과 글솜씨가 필요하다. 그렇지 않다면 독자가 감탄할 만한 글솜씨가 없어도 된다.

독자는 작가의 글솜씨보다 콘텐츠에 관심이 있다. 작가가 책을 통해 무엇을 말하려고 하는지, 그것이 나에게 어떤 도움이 되는지가 중요하다. 따라서 자신이 책을 통해 전하고자 하는 메시지가 무엇이며, 이것이 독자에게 어떤 도움을 줄 것인지를 명확히 해야 한다. 주제를 정할 때는 다음에 유의한다.

첫째, 전달할 핵심 메시지를 정한다. 한 권의 책을 쓰기 위해서는 책을 쓰는 목적이 무엇인가를 명확히 하고 자신이 쓸 책을 한 줄로 요약할 수 있어야 한다. 그것이 책에서 전달하고자 하는 핵심 메시지이다. 작가만의 기준에서 좋은 메시지가 나올 수 없다. 독자 관점에서 이 메시지가 어떻게 전달될 것인가를 생각해야 한다. 쓰는 것은 작가가 하지만, 읽는 것은 독자이기 때문이다. 필자의 경우 하브루타 수업에서는 학생이 수업에서 생각하고, 질문하고, 말하는 것이 핵심 메시지다. 메타인지 수업에서는 수업 시간에 인출 활동을 통해 복습하는 것이 핵심 메시지다. 이 책의 핵심 메시지는 초서 독서법으로 읽고 기록하면 누구나 책을 쓸 수 있다는 것이다.

둘째, 자신의 스토리텔링이 무엇인가 생각한다. 어떤 주제로 책을 쓰든지 이미 수십 권에서 수백 권이 나와 있는 경우가 대부분이다. 따라서 다른 책과 차별되는 자신만의 스토리가 담겨야 한다. 주제에서 자기 이야기를 충분히 담을 수 있는지 고민해야 한다. 주제만 있고 작가의 이야기가 없는 책은 딱딱한 신문 기사와 다를 바 없다. 필자는 수석교사로서 먼저 수업을 성찰했다. 그리고 다양한 수업 방법 중에서 하브루타를 만나 끊임없이 수업에 적용했다. 나의 수업 하나하나가 모두 원고가 되었다. 고등학교 교사로서 유일하게 하브루타 수업 책을 썼다. 이러한 차별성이 독자가 책을 선택하는 최종 기준이 된다.

셋째, 독자의 흥미를 끄는 주제여야 한다. 아무리 전문가라고 하더라도 독자에게 흥미와 관심을 주지 않는 책은 선택되지 않는다. 독자의 관심을 끌기 위해서는 시장의 트렌드를 반영해야 한다. 같은 주제라도 트렌드는 변한다. 예를 들어 하브루타 관련 책만 하더라도 처음에는 부모 교육을 목적으로 가정 교육과 대화법에 관한 책이 주를 이루었다. 이후 하브루타 독서법, 하브루타 수업법 책이 많이 출간되고, 최근은 그림책 하브루타에 관한 책들이 나오고 있다.

지금까지 살아온 자신만의 이야기가 분명히 있다. 첫 문장을 시작하는 것이 중요하다. 처음부터 완벽한 글은 없다. 일단 무엇이든 써 내려가자. 어느 정도 지나면 신기하게도 평소에 전혀 생각하지 못했던 문장이 글로 표현되는 경험을 하게 될 것이다. 자기 글에 스스로 감탄하는 일도 생긴다. 매일 쓰다 보면 글 쓰는 시간도 늘어나고 분량도 채워진다. 글쓰기가 습관이 되는 순간, 고통은 즐거움으로 바뀐다.

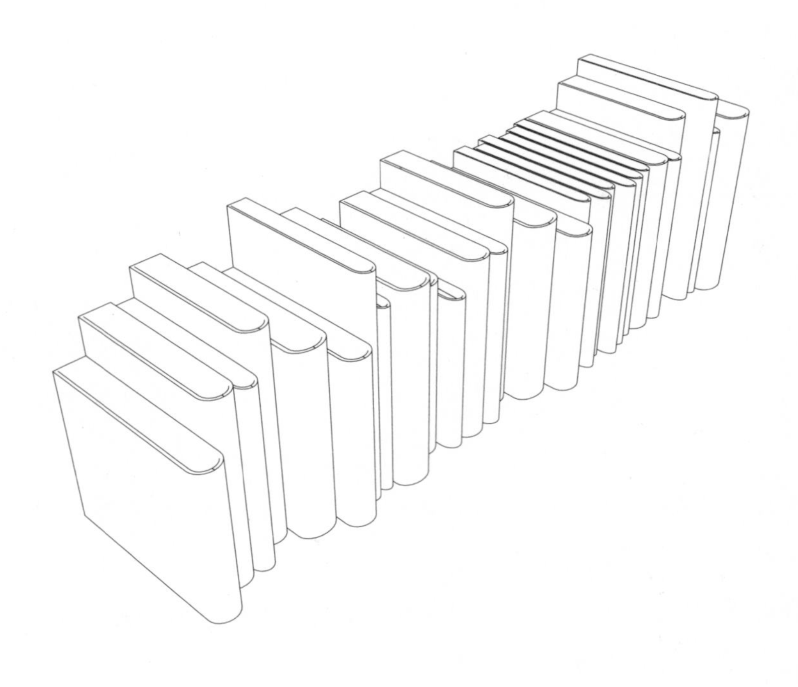

2. 자료 수집

자료의 중요성

강원국 작가는 『대통령의 글쓰기』에서 자료의 중요성에 대해 다음과 같이 말한다. "글은 자신이 제기하고자 하는 주제의 근거를 제시하고, 그 타당성을 입증해 보이는 싸움이다. 이 싸움은 좋은 자료를 얼마나 많이 모으느냐에 성패가 좌우된다. 자료가 충분하면 그 안에 반드시 길이 있다. 자료를 찾다 보면 새로운 생각이 떠오른다. 때로는 애초에 의도했던 방향과 전혀 다른 쪽으로 글이 써지기도 한다. 글은 자료와 생각의 상호작용이 낳은 결과이다." 결국, 좋은 자료와 작가의 생각이 만나 독자의 요구를 충족하는 책이 된다. 요즘은 자료가 너무 많은 세상이다. 오히려 필요한 자료를 찾는 것이 더 힘들다. 자료를 찾고 정리하는 것은 본격적인 원고 집필 과정에서 중요한 일이다. 정약용의 현손(玄孫) 정규영이 다산의 행적을 연대순으로 정리한 『사암선생연보』에는 그 과정을 이렇게 적고 있다.

무릇 책 한 권을 저술할 때에는 먼저 저술할 책의 자료를 수집하여 서로서로 대비하고 이것저것 훑고 찾아 마치 빗질하듯 정밀을 기했던 것이다. 『시경』과 『서경』에 관한 책을 저술할 때에는 먼저 『시경』과 『서경』에 관한 자료를 모으고, 『춘추』를 고징할 때에는 먼저 『춘추』에 관한 자료들을 모았다. 그러므로 저술한 책의 경지는 구름을 헤치고 햇빛을 보는 것 같지 않은 것이 없어서 조금이라도 희미하고 흐린 기운을 띤 것이 없었다.

단순히 자료를 모으는 데 그치지 않고 서로 비교하여 대비하고 분류한다. 자료를 정리해서 한 군데 모아 놓으면 내용이 명확해진다. 이렇게 하면 구름을 헤치고 햇빛을 보는 것처럼 명확한 책을 저술할 수 있다는 의미이다.

다양한 자료 참고

책 쓰기에 가장 좋은 자료는 역시 책이다. 필자는 책을 쓰는 기간 동안 책을 손에서 놓지 않는다. 병원이나 은행에 갈 때도 기다리는 시간에 대비해 항상 읽을 책을 들고 다닌다. 필자는 책을 쓰기로 하면, 일단 관련 책을 수십 권 읽는 것으로 시작한다. 최소한 열 권 정도는 책상에 늘 쌓여있다.

단, 그냥 읽기만 해서는 중요한 내용, 인용할 내용을 모두 기억해서 원고 적재적소에 포함할 수 없다. 따라서 필요한 내용을 반드시 기록해야 하고, 이러한 기록들이 모여 원고가 된다. 그것이 바로 필자가 개발한 삼색 초서 독서법이다. 앞서 언급한 것처럼 책을 읽으면서 중요한 내용은 검은 펜으로, 인용하고 싶은 문장은 파란 펜으로, 수시로 머리를 스치는 생각이나 아이디어는 빨간 펜으로 기록한다. 장소가 여의치 않으면 스마트폰에 메모한다.

요즘은 유튜브에도 좋은 자료가 많다. 유튜브의 장점은 필요한 내용만 바로 골라서 정보를 얻을 수 있다는 점이다. 책을 쓰다가 막히는 부분이 있다거나 좀 더 다양한 자료가 필요할 때, 유튜브에 키워드를 검색하면 전문가들이 바로 도와준다. 필자가 『메타인지 수업』을 쓸 때는 기존에 나온 도서만으로는 자료가 부족해서 유튜브를 통해 많은 정보를 얻었다. 실제 메타인지를 다룬 책은 그리 많지 않다.

구글이나 포털 사이트도 좋은 자료의 창고이다. 키워드로 검색하면 몇 번의 검색으로 좋은 자료를 찾을 수 있다. 필자는 메타인지 수업 책을 쓰면서 다양한 수업 놀이 블로그를 운영하는 교사들의 도움을 많이 받았다. 또한, 최신 정보나 트렌드는 신문 기사를 통해 정보를 얻기도 하였다. 유튜브, 블로그 등 인터넷에서 유용한 자료를 찾게 되면 네이버 밴드에 비공개 밴드를 만들어 차곡차곡 자료를 저장하면 책을 쓸 때 유용하다. 필자는 비공개로 나만 볼 수 있는 하브루타 밴드, 메타인지 밴드, 책 쓰기 밴드를 개설해서 좋은 자료가 있으면 해당 밴드에 저장한다.

3. 목차 작성

목차의 구성

목차는 책의 전체 내용을 작은 제목으로 나누어 요약해서 제시한 것이다. 본격적인 원고 쓰기는 목차 만들기에서 시작된다. 책을 건물에 비유하자면 목차는 설계도이자 주요 기둥이다. 목차가 완성되면 책의 반은 완성된 것이나 마찬가지다. 나머지는 시간의 문제이다. 왜냐하면 목차가 정해지면 구체적으로 어떤 내용을, 어떤 흐름으로 써야 할지가 머리에 그려진다. 설계도만으로 건물 평면도를 그릴 수 있는 것과 같다.

목차는 다음과 같이 구성된다.

첫째, 큰제목인 부(部)이다. 보통 한 권에 3~4개의 부가 있다. 파트(part)라고도 한다. 예를 들어 4개의 부가 있다면 기승전결의 형태로 전개될 가능성이 크다.

둘째, 중간 제목인 장(章)이다. 보통 부(部)에 4~8개의 장이 있다. 챕터(chapter)라고도 쓴다. 부(部)없이 장이 큰제목의 역할을 하는 경우도 많다.

셋째, 소제목으로 한 가지 내용에 대해 여러 문단이 모인 것이다. 꼭지라고도 한다. 보통 장에 4~10개의 꼭지가 있다.

결국은 꼭지가 모여 책이 된다. 한 권의 책이 되기 위해서는 50개 내외의 꼭지가 필요하다. 만약 하루에 한 꼭지씩 꾸준히 적는다면, 2~3달이면 초고가 나올 수 있다.

목차는 작가가 글을 쓰는 데도 중요하지만, 독자에게는 책을 읽는 나침반 역할을 한다. 목차를 통해 어떤 책인지를 파악하고, 책을 구매할 것인가 말 것인가를 결정한다. 때로는 목차만 보고 읽고 싶은 부분만 찾아서 읽을 수도 있다.

책의 완성도

처음부터 잘 정리된 목차를 만들기는 어렵다. 원고를 집필하면서 변경하거나 출판사와의 협의 과정에서 바뀌기도 한다. 따라서 목차를 정할 때도 일단 써보는 것이 중요하다. 주제를 정하고 여러 책을 읽고 자료를 수집하다 보면, 대부분 머릿속에 책에 담아야 할 내용이 정해진다.

일단 순서와 상관없이 생각나는 대로 제목을 적어본다. 마인드맵으로 그리거나 브레인라이팅으로 생각나는 대로 써보는 것도 좋다. 그 후 내용별로 분류하고 순서에 맞게 배치하면 된다. 아무래도 앞부분은 주제의 개념, 사회 이슈가 되는 이유, 책을 쓴 배경 등이 나온다. 이후 본격적으로 자신이 독자에게 전하고 싶은 내용을 쓰게 된다.

목차를 구성할 때는 주제가 같은 다른 책의 목차를 살펴보면 도움이 된다. 책 쓰기에 대한 책을 쓰면서 여러 권의 목차를 살펴보니 책 대부분에 있는 공통적인 목차도 있고, 책마다 차별적인 목차도 있었다. 이를 통해 필수적으로 포함해야 할 내용은 무엇인지, 나만의 차별화된 내용은 무엇으로 할 것인가를 생각하는 데 도움이 되었다.

책의 완성도는 목차에 의해 결정된다. 문학 작품이 아닌 비문학이나 실용서를 쓴다면 표현력보다 책의 짜임새가 훨씬 중요하다. 작가에 도전할 정도라면 기본적인 독서량과 자신만의 이야기가 있는 사람이다. 따라서 주제와 메시지가 분명하고 적절한 자료로 뒷받침한다면 책의 구조, 즉 목차를 짜임새 있게 정하는 데 더 많은 정성을 기울여야 한다.

그리고 목차를 인쇄해서 컴퓨터 앞에 붙여 놓으면 도움이 된다. 원고를 쓰다가 찾아야 할 내용이 있을 때, 목차를 보면 쉽게 확인할 수 있고 어디까지 썼는지, 앞으로 얼마나 써야 하는지의 진척 과정을 알 수 있다.

4. 초고 쓰기

질보다 양

목차에 따라 본격적인 책 쓰기를 시작한다. 초고는 목차를 토대로 한 문장 한 문장 써나가는 것이다. 목차가 설계도와 기둥이라면, 초고는 기둥 사이에 벽을 쌓고 건물의 층을 올리는 단계이다. 다산이 정약전에게 보낸 편지에서 초고가 어떤 것인가 알 수 있다.

초본 다섯 권을 부칩니다. 모두 토막토막 끊어지고 앞뒤가 안 맞아 문리가 통하지 않습니다. 이 중에는 처음의 견해를 수정하여 정본으로 삼아놓고 고치지 않은 것도 있습니다. 우선 심심풀이로 봐주시면 좋겠습니다. 중간 초본은 이미 집으로 보내 자식에게 탈고하게 했습니다. 돌아오는 것을 기다려 마땅히 질문 올리는 날이 있을 겝니다. 이것이 비록 초본이긴 하나 이 가운데 잘못 풀이한 곳이 있거든 조목조목 반박해서 일깨워 주십시오. 마땅히 절차탁마해서 정밀한 대로 나아가야 할 것입니다. 그러다 간혹 서로 견해가 갈리면 서신을 왕복하며 다투어서 어린 시절 집안에서 토닥대던 버릇을 이어보는 것도 절로 한 가지 즐거움이겠지요.

다산 같은 대학자가 쓴 책도 초본은 고칠 부분이 많음을 알 수 있다. 내용이 끊어지고, 앞뒤가 맞지 않으며, 여러 번 수정함을 알 수 있다. 그래서 잘못된 점에 대해 반박해주고, 다른 견해가 있으면 서신으로 토론할 것을 요청하고 있다. 이처럼 초본은 수정과 첨삭을 거듭하게 된다.

초고 쓰기에서 가장 중요한 것은 최대한 빠르게 써서 일단 완성하는 것이다. 앞에 쓴 글은 뒤돌아보지 않는다. 앞의 글이 마음에 안 들어 수정하다 보면 시간이 오래 걸리고, 중간에 포기하는 경우도 있다. 완벽한 글을 쓰려고 애쓰기보다는 생각나는 대로 쓴다. 스스로 초고 완성일을 정해놓고, 그 시간 내에 마무리하려는 노력이 중요하다.

초고는 질보다 양이 중요하다. 한 권의 책이 되려면 A4 100매 정도는 되어야 한다. 하루에 써야 할 분량을 정한 후 채워나가야 한다. 초고는 어차피 수정을 위한 글이다. 책을 쓰는 과정은 수정의 연속이다. 처음부터 완벽한 글을 쓰려는 욕심으로 쓰다 보면, 몇 년이 가도 책이 나오기 어렵다.

필자의 경우 가장 빨리 초고를 완성한 것은 첫 번째 책으로 21일 걸렸다. 강의 내용인 말을 글로 바꾸는 일이어서 비교적 빠르게 완성되었다. 하지만 어떤 책은 1년이 걸리기도 했다. 슬럼프가 와서 작업을 중단한 기간을 빼면 대부분 서너 달 남짓 걸렸다. 초고는 석 달을 넘기지 않는다는 목표를 가지고 임하는 것이 바람직하다.

숙성의 시간

가능하다면 처음부터 완성도 높은 글을 쓰고 싶은 것은 당연하다. 하지만 헤밍웨이 같은 대문호도 고치는 작업을 수없이 반복했다. 그는『무기여 잘 있거라』시작 부분을 50번 이상 수정했다고 한다. 또 노벨상 수상작인 『노인과 바다』는 200번 이상 고쳐 쓴 걸로 알려져 있다. 그래서 그는 "모든 초고는 쓰레기다"라는 유명한 말을 남겼다. 쓰레기를 작품으로 만드는 방법은 고치고 또 고치는 것이다.

글도 숙성의 시간이 필요하다. 좋은 글이 되려면 처음 쓴 글에서 어느 정도 시간이 지나야 한다. 금방 쓴 내용을 자꾸 보고 있어도 더 좋은 문장으로 바뀌지 않는다. 뇌가 다시 반응하기 위해서는 숙성의 시간이 필요하다. 따라서 처음부터 최고의 문장을 쓰려는 마음을 내려놓고 스스로 정한 기일에 초고를 완성하도록 한다.

초고를 쓰는 중에는 전체가 보이지 않는다. 꼭지 하나하나에 최선을 다해서 쓰면 된다. 초고가 완성되어야 전체적인 흐름을 볼 수 있다. 어차피 수정하면 더 좋은 글이 된다. 초고를 고치면서 점점 좋아지는 글을 보는 기분은 뭐라 표현할 수 없는 책 쓰기의 즐거움이다.

5. 퇴고하기

수정과 윤색

퇴고는 책 쓰기의 완성이다. "위대한 글쓰기는 존재하지 않는다. 오직 위대한 고쳐 쓰기만 존재할 뿐이다." 미국의 동화 작가 E.B. 화이트가 한 말이다. 목차가 설계도에 기둥을 세우는 일, 초고가 층을 올리고 벽을 쌓는 일이라면, 퇴고는 건축물의 최종 용도에 맞게 완성하는 인테리어다. 위대한 작가들은 고쳐 쓰는 수고를 게을리하지 않았다. 정약용도 마과회통의 초고를 다섯 번 고치며 새로운 자료를 추가했다. 국가 제도 개편에 관해 쓴 경세유표의 첫머리인 「방례초본(邦禮艸本) 서(序)」에서 고쳐쓰기의 중요성에 대해 다음과 같이 말한다.

초본이라 한 것은 어째서인가? 초를 잡는다는 것은 수정하고 윤색하기를 기다린다는 것이다. 식견이 얕고 지혜가 짧으며, 경력이 적고 문견이 고루하다. 그러니 비록 성인이 가려 뽑는다 해도 잘하는 자를 시켜 수정하고 윤색하지 않을 수 없다. 수정하고 윤색하지 않을 수 없는 것이 어찌 초가 아니겠는가?

어찌 감히 자기 생각만 굳게 지켜 한 글자도 바꿀 수 없다고 말하겠는가? 고루한 부분은 분명하게 하고, 꽉 막혀 답답한 것은 평평하게 하여, 수정하고 윤색해야 할 것이다.

다산은 초고를 쓰면 항상 형인 정약전에게 보내어 수정과 윤색을 요청했다. 윤색한다는 말은 색채나 광택을 가하여 번들거리게 한다는 뜻이다. 즉, 원래의 글을 고쳐서 윤이 나도록 매끄럽게 한다는 의미이다. 대부분 보석도 원석은 돌에 불과하다. 하지만 세공 과정을 거치면서 빛나는 보석이 된다. 글도 마찬가지이다. 아무리 정성껏 글을 써도 다시 보면 맞춤법 오류가 있거나 중복된 표현, 읽기에 부자연스러운 문장이 있다. 또한 설명이 빈약하여 보충하고 구체적 사례를 통해 독자의 이해를 도와야 할 경우도 있다. 이처럼 원래의 글을 다듬어서 더 좋은 글로 만드는 과정이 퇴고이다. 퇴고 과정에는 다음과 같은 일을 하게 된다.

고쳐쓰기

맞춤법이나 띄어쓰기는 물론, 독자가 편하게 읽을 수 있도록 글을 자연스럽게 만드는 작업을 포함한다. 원고의 일부를 덜어내거나 추가하는 경우도 많다. 간단한 맞춤법은 네이버 맞춤법 검사기가 편리하다. 의심되는 단어나 문장을 입력하면 바로 오른쪽에 교정 결과를 보여준다. 편리한 점은 띄어쓰기까지 수정해준다는 것이다. 예를 들어 '첫번째'라고 입력하면 '첫 번째'라고 교정해준다. 500자까지 교정할 수 있다. 다음 사항에 유의해서 고쳐 쓴다.

첫째, 가능한 한 긴 문장은 짧게 고친다. 모든 글쓰기 책에서 가장 먼저 언급되는 원칙이 단문 쓰기이다. 짧은 글은 의미 전달력이 높아서 이해가 쉽다. 문장이 길어지면 주어와 서술어가 호응되지 않는 비문이 생기기도 하고, 읽는 호흡이 끊긴다. 긴 문장은 접속사를 이용하여 짧은 문장들로 나눈다.

둘째, 중복된 표현은 삭제한다. 문단이나 문장에서 같은 단어가 있으면 어색하다. 둘 중의 하나는 삭제하거나 다른 단어로 바꾼다. 다른 꼭지에 비슷한 내용이 있는 경우도 많다. 이는 초고 쓰는 중에는 발견하기 어렵다. 퇴고 과정에서 전체를 읽어야 찾을 수 있다. 둘을 비교해서 한 군데만 살리거나 표현을 바꾼다.

셋째, 내용이나 수치의 오류를 검토한다. 숫자, 지명, 인명, 외국어 표기 등이 정확한지, 통계나 발표 자료는 최신 자료로 업데이트되었는지 다시 한번 확인한다. 작은 오류가 글의 신뢰를 떨어뜨릴 수 있다.

추가하기

보충 설명이 필요한 내용을 추가한다. 주장과 근거만 있으면 논술문이 되어 글이 딱딱해지고 재미가 없다. 여기에 구체적 사례나 에피소드를 포함하면 스토리텔링 효과가 크다. 가장 좋은 것은 자기 사례이다. 필자는 수업 책에서는 필자의 수업 사례를 제시하고, 글쓰기 책에서는 원칙을 제시한 후 필자가 해당 대목에서 어떻게 했는지를 제시했다.

필자는 퇴고 과정에서 추가로 같은 주제의 책을 십여 권 읽는다. 읽다가 새로운 아이디어나 글감이 생기면 내용을 추가한다. 좋은 문장이 나오면 키워드만 살리고 표현을 자기 말로 바꾼다. 이는 2차 저작물이 되어 저작권에 위배되지 않는다. 특히 전문가의 좋은 글을 인용하면 글의 객관성과 설득력을 높이는 데 효과적이다. 인터넷에서 명언을 찾아보는 것도 좋다. 예를 들어 독서 관련 책을 쓴다면 '독서의 명언'을 검색하면 필요한 명언을 찾을 수 있다.

또한, 이해를 돕는 사진이나 그래픽을 추가한다. 사진은 자신이 찍은 사진이 최고다. 필자가 쓴 책 속의 사진은 모두 직접 찍은 사진이다. 사진 동호회 활동을 하면서 배운 취미가 책 쓰기에 유용하게 사용되었다. 글만 있는 책보다 훨씬 현실감 있다. 요즘은 스마트폰으로 찍어도 해상도가 높아 문제 되지 않는다.

사진은 초상권에 유의해야 한다. 필자는 수업 장면에 생동감을 주기 위해 학생들의 토론 장면을 많이 포함했다. 대부분의 고등학생은 책에 자기 사진이 나오면 좋아한다. 원고와 사진을 보여주면 대개는 동의한다. 그래도 만일에 대비해 동의서에 서명은 받아둬야 한다. 특히, 초등학생이라면 부모 동의는 필수다.

다른 사람의 사진을 사용하면 저작권이 문제가 되므로 '픽사베이' 같은 무료 사진 전문 사이트에서 검색 후 다운로드할 수 있다. 상업적으로 사용해도 문제가 없게 공개된 사진들이다.

텍스트로만 가득 채우기보다 꼭지 마지막 부분에 꼭지 전체 내용을 그래픽으로 제시하면 독자의 이해를 도울 수 있다. 파워포인트의 그리기 기능을 활용해서 도형을 만들고 필요한 내용을 넣으면 된다.

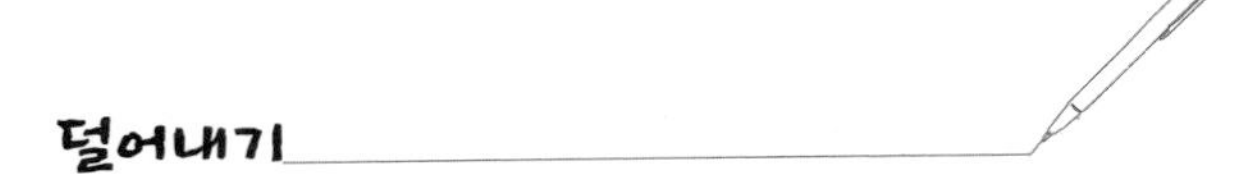

덜어내기

덜어내기야말로 퇴고의 완성이다. 생텍쥐페리는 "더 이상 추가할 것이 없을 때가 아니라, 더 이상 뺄 것이 없을 때 완벽함이 성취된다"라고 말했다. 조금이라도 불필요한 문장은 과감히 삭제한다. 필자도 초고에서 10~20% 정도는 덜어낸다. 단, 덜어낼 때 바로 삭제하기보다는 별도의 파일에 저장하는 것이 바람직하다. 가끔 그 부분이 다시 필요할 때가 있다. 덜어낸 문장들을 다시 읽어보면 다른 곳에 필요한 때도 있고, 약간의 표현을 바꾸어 새로운 문장으로 탄생하는 때도 있다. 다음은 삭제하면 훨씬 문장이 좋아지는 사례이다.

첫째, 의미의 중복이다. 같은 의미를 가진 단어가 중첩되어 사용되는 경우를 겹말이라고 한다. 역전 앞, 미리 예약, 최근 근황, 판이한 차이, 가까운 근교, 고목 나무, 장미꽃, 넓은 광야, 농촌 마을, 돌아가신 선친, 동해 바다, 새신랑, 어려운 난국, 옥상 위, 초가집, 다시 돌아오다 등이 있다. 특히, 복수 의미가 중첩되지 않게 유의한다. 예를 들어 '수많은 사람들'은 '많은 사람'으로 고쳐야 한다.

둘째, 말버릇이나 습관적으로 사용하는 단어이다. 필자에게는 '사실', '실제', '또한', '일반적으로', '등'과 같은 단어를 무분별하게 사용하는 습관이 있다. 말하는 습관이 그대로 글이 된 경우이다. 이 부분은 초고에서는 발견하기 어렵지만, 전체를 한 번에 읽을 때 눈에 보인다. 내용 이해에 문제가 없으면 삭제한다. 불필요한 습관 몇 가지만 고쳐도 훨씬 품위 있는 글이 된다.

셋째, 흐름을 방해하는 접속사이다. 접속사는 긴 문장을 나누어 연결을 자연스럽게 하는 역할을 하지만, 무분별한 사용은 오히려 글의 흐름을 방해한다. 접속사가 있으면 의식적으로 삭제해도 괜찮은지를 확인해본다.

넷째, 불필요한 주어이다. 문장은 주어와 서술어로 구성되지만, 우리말은 의외로 주어를 생략해도 말이 되는 때가 많다. 오히려 반복되는 주어가 글의 자연스러움을 막는다. 따라서 없어도 의미가 통하는 주어는 삭제한다.

다섯째, 일본식 조사인 '~의' 사용이다. 일본어는 명사와 명사를 연결할 때 '의'에 해당하는 표현을 쓴다. 우리도 이런 영향을 받아 명사와 명사 사이에 '의'를 넣는 경우가 흔하다. 예를 들어 한국의 역사, 판단의 기준 등이다. 모두 '의'를 삭제해도 아무 문제 없다. 이외에도 '나의 살던 고향은'은 '내가 살던 고향'이 맞다.

순서 바꾸기

문단이나 문장의 순서를 바꾼다. 초고를 거침없이 쓰다 보면 글의 순서가 자연스럽지 않을 수 있다. 퇴고하면서 전체 흐름에 맞지 않는 경우를 발견하게 된다. 이때 문장이나 문단의 순서만 바꾸어도 훨씬 자연스럽고 논리적인 글이 된다. 실용문은 핵심 주장을 두괄식으로 제시한 후 보충 설명이나 사례를 제시하는 것이 효과적이다. 혹시 마지막에 핵심 내용이 있다면 순서를 바꾸어서 배치해보고 좋은 것으로 선택한다.

저작권 확인

저작권에 문제가 될 내용은 없는가를 확인한다. 인용문의 출처를 다시 확인하고, 저작권이 의심되는 경우 과감히 삭제한다. 두세 줄 정도는 출처를 밝히면 문제 되지 않지만, 인용 분량이 많을 때는 반드시 출판사를 통해 동의를 구한다. 필자는 책이 출간되면 감사의 표시로 그 작가에게 책을 보내주었다. 한번은 인용 허가를 받기 위해 출판사에 전화했는데 출판사에서 동의해주지 않아 그 부분을 삭제하고 새로 쓴 일도 있다.

출처 표기는 두 가지 방법이 있다. 먼저, 본문 인용문에 저자와 책 이름을 병행하여 표기하는 것이다. 예를 들어 ○○○작가는『○○○○』책에서 "○○○ 말을 했다"라고 쓰는 것이다. 다음으로 각주를 달아 페이지 하단이나 책 제일 뒷면에 표기하는 것이다. 인용문이 적을 경우는 전자의 방법이, 많을 경우는 후자의 방법이 효과적이다.

퇴고 단계

퇴고 횟수가 많을수록 글이 좋아진다.『남태평양 이야기』로 퓰리처상을 수상한 미국 소설가 제임스 미치너는 "나는 별로 좋은 작가가 아니다. 다만 남보다 자주 고쳐 쓸 뿐이다"라고 말했다. 분명한 것은 새로 읽을 때마다 고칠 내용이 나오고, 고치면 더 좋아진다는 것이다.

그리고 초고를 완성하고 적당한 시간을 보낸 후 퇴고하는 것이 바람직하다. 어느 정도 시간이 지난 후 다시 보게 되면 객관적이고 새로운 기분으로 자기 글을 대할 수 있다. 공부에도 휴식이 필요한 것과 같은 이유이다. 필자는 다음과 같은 절차를 거쳐 퇴고한다.

1단계는 모니터로 원고를 읽는다. 대부분 컴퓨터로 원고를 쓰기 때문에 모니터로 읽으면서 필요한 내용은 바로 고칠 수 있어 편하다. 1단계는 맞춤법이나 띄어쓰기, 중복된 표현 수정에 초점을 둔다. 초고는 생각나는 대로 쓰기 때문에 의외로 내용이나 단어의 중복이 많다. 특히 문단 내에서의 중복된 표현은 쉽게 발견할 수 있지만, 다른 꼭지에서 중복된 표현은 찾기 어렵다.

2단계는 출력해서 읽는다. 우리는 대부분 인쇄물 형태로 책을 읽는다. 따라서 실제 책을 보는 것처럼 출력해서 보아야 한다. 펜을 들고 밑줄을 치면서 읽으면 더 꼼꼼하게 퇴고할 수 있다. 특히, 출력해서 읽으면 글의 전체적인 짜임새와 흐름을 파악하는 데 훨씬 쉽다. 따라서 2단계에서는 문단의 배치와 순서를 수정하는 경우가 많다.

3단계는 컴퓨터 프로그램 기능을 활용해 수정한다. 아래아 한글, 워드 프로그램의 '맞춤법 검사/교정' 기능을 활용한다. 도구 메뉴에서 '맞춤법'을 선택하면 된다. 프로그램이 오류라고 판단하는 단어를 제시하고 이에 합당한 대치어를 제공한다. 하지만 일률적인 원칙에 의해 오류를 잡아내어 실제와 맞지 않을 수 있다. 따라서 하나하나 확인 후 '바꾸기'를 해야 한다. 출판사에 넘기기 전 한 번 더 하는 것이 바람직하다.

4단계는 가족이나 주변의 도움을 받는다. 여러 번 퇴고 작업을 해도 자신이 쓴 글에서 오류를 찾아내기 어렵다. 자기 글에 대한 선입견이 있기 때문이다. 이때는 다른 사람의 객관적인 시각이 도움을 준다.

5단계는 출판사에 넘기기 전 소리 내어 읽어본다. 눈으로 읽으면 단어나 문장으로 읽게 되지만 소리 내어 읽으면 한 글자 한 글자에 집중할 수 있다. 무엇보다 글의 호흡이나 리듬을 알게 되어 독자가 읽기 편한 글로 고칠 수 있다. 유시민 작가도 『글쓰기 특강』에서 "어떻게 하면 잘못 쓴 글을 알아볼 수 있을까? 쉽고 간단한 방법이 있다. 텍스트를 소리 내어 읽어보는 것이다. 만약 입으로 소리 내어 읽기 어렵다면, 귀로 듣기에 좋지 않다면, 뜻을 파악하기 어렵다면, 잘못 쓴 글이고 못나고 흉한 글이다"라고 말했다.

책 쓰기는 고쳐 쓰는 과정의 연속이다. 초고가 열정으로 쓰는 시간이라면, 퇴고는 매의 눈으로 냉정하게 자기 글을 보는 비판의 시간이다. 자신이 쓴 글에 다시 질문하면서 글의 문제를 발견하고 해결책을 찾아내는 과정이다. 그래서 처음 쓴 글과 고쳐 쓴 글은 분명히 다르다. 작가는 그만큼 성장한 것이다.

잘 쓰는 사람은 잘 고치는 사람이다. 괴테는 『파우스트』를 20대에 쓰기 시작해 80대에 완성했다. 위대한 명작은 고치고 또 고친 결과의 탄생이었다. 고쳐 쓰는 시간은 음식을 숙성하는 시간과 같다. 숙성된 음식이 좋은 맛을 내듯이 고쳐 쓰는 과정을 통해 좋은 글로 만들어진다. 퇴고는 글이 자연스럽게 술술 읽히고 오류가 없을 때까지 여러 번 반복한다. 이러한 퇴고 과정을 통해 작가는 성장하고, 좋은 책을 만들 수 있다.

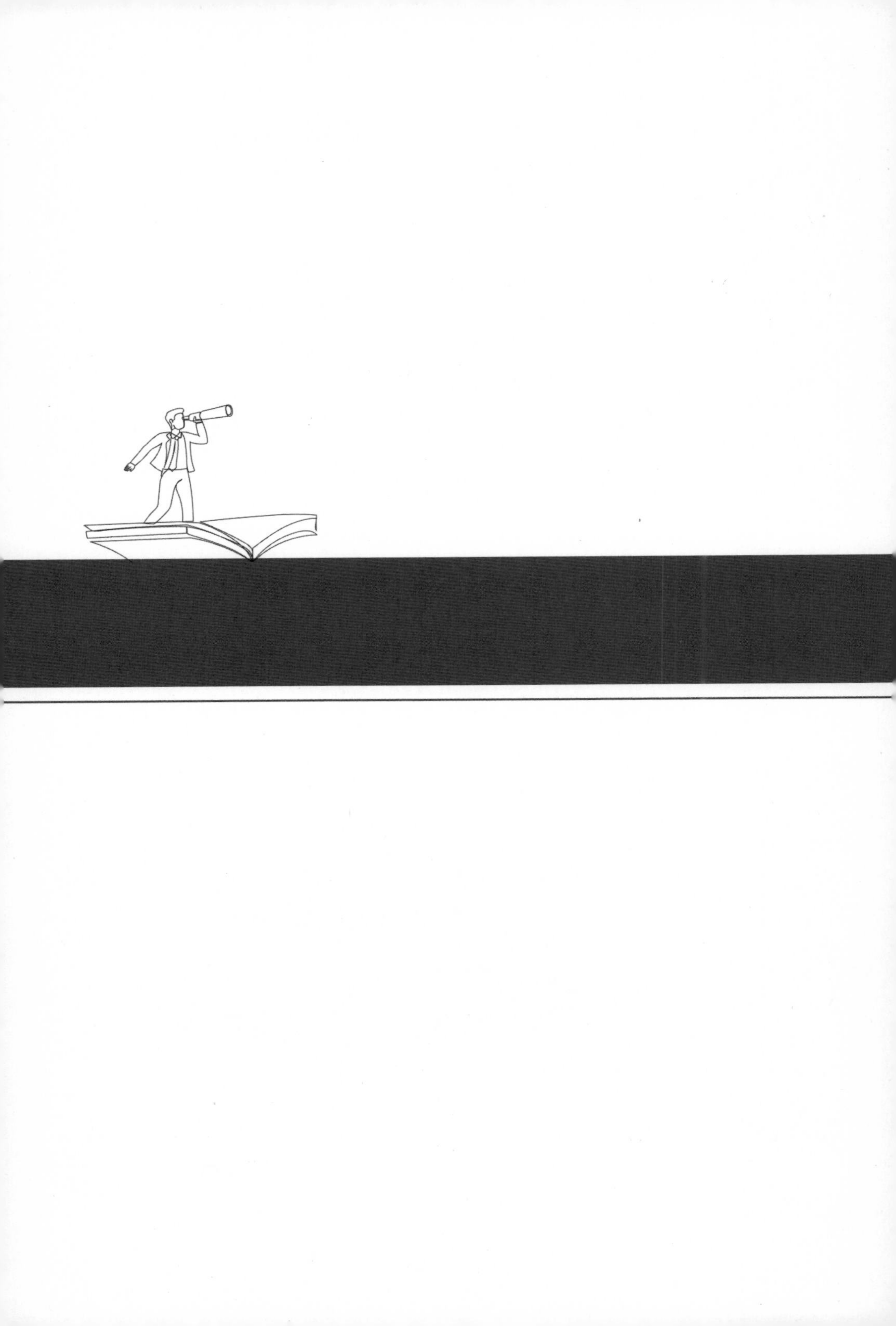

6장. 출간에 도전

퇴고를 마치면 드디어 출간에 도전한다. 출판 방법을 정하고, 출간 기획서와 원고를 출판사에 투고한다. 출판사가 정해지면 계약서를 쓴다. 이후 출판사의 담당 편집자와 함께 작업한다. 작가는 책 내용의 전문가이고, 편집자는 팔리는 책을 만드는 전문가이다. 때로는 편집자가 힘든 요구를 할 때도 있다. 이런 일로 몇 달간 슬럼프가 온 적도 있었지만, 결론적으로 편집자가 옳았다.

편집자의 요구에 맞는 책을 쓰기 위해 피 같은 원고를 대거 삭제하고, 그만큼 새로운 원고를 써야 했다. 힘들었지만 그 과정에서 배웠고 성장했다. 그리고 책의 완성도가 훨씬 높아졌다. 이제 버젓이 자기 이름으로 된 책이 시중에 팔리고, 인터넷에 검색된다. 출간 과정은 다음과 같다.

1. 출판 방법 정하기
2. 출간 기획서 쓰기
3. 투고하기
4. 계약하기
5. 편집자와 작업하기
6. 저자 프로필 쓰기
7. 추천사 섭외하기

1. 출판 방법 정하기

일반적으로 기획 출판과 자비 출판 두 가지로 구분한다. 공동 기획 출판과 독립 출판이 있기도 하지만, 이 책의 독자라면 대부분 기획 출판이나 자비 출판의 방법으로 출간할 것이다.

기획 출판

저자가 되고 싶은 사람 대부분이 생각하는 출판 방법이다. 저자가 쓴 원고를 출판사에서 맡아 출판의 모든 작업을 진행하고, 판매 부수에 대해서는 인세를 지급한다. 교정과 디자인뿐만 아니라 가격 책정, 홍보까지도 출판사에서 담당한다. 물론 대부분 절차에서 저자와 협의한다.

유명 작가는 자신이 출판사를 선택할 수도 있지만, 초보 작가는 거의 출판사의 선택을 받아야 한다. 출판사는 수익이 목적이므로 상품성이 없으면 계약하지 않는다. 출판사로부터 선택받은 원고는 전문적인 편집자와 작업하는 과정에서 책의 퀄리티를 훨씬 높일 수 있다. 기획 출판에도 두 가지가 있다.

첫째, 저자가 출판사에 투고한다. 원고의 일부나 완성본, 출간 기획서를 출판사에 보내면 출판사에서 검토 후 출간하는 경우이다. 출판사 입장에서 책의 출간을 선택하는 가장 중요한 기준은 수익이다. 따라서 투고를 하더라도 거절당할 가능성이 크다. 필자도 네 권의 책을 출간하면서 수십 번의 거절을 당하는 경험을 했다.

둘째, 출판사로부터 출간 요청을 받는다. 출판사에서 콘셉트를 정해서 저자를 찾는 경우이다. 편집자가 유튜브, 브런치, 블로그를 보고 연락을 한다. 처음부터 전문 편집자와 작업하면서 수시로 피드백을 받는다. 따라서 출간 가능성이 크고, 시장성도 확보될 수 있다. 필자는 6번째 책까지는 투고를 통한 출간이었지만, 7번째 책은 출간 요청을 받았다. 가제는 〈메타인지 학습 실천 노트〉이다. 『메타인지 수업』이 교사용으로 수업을 통해 메타인지를 높인다면, 요청받은 책은 학생용으로 메타인지를 익혀 전략적으로 자신의 공부에 적용하게 하는 내용이다.

자비 출판

출판 비용을 저자가 부담하는 방법이다. 이를 통해 출판사 입장에서는 위험 부담을 줄이고, 저자 입장에서는 자기 의도대로 책을 출간할 수 있다. 비용은 인쇄 면수, 발행 부수, 흑백이나 컬러, 출판사 규모에 따라 차이가 크다. 대략 500만 원 내외의 비용이 필요하다.

출판사는 출간과 유통까지만을 담당한다. 별도의 비용을 내면 교정과 교열을 해주기도 한다. 대부분 출판사에 넘긴 원고 그대로 출간되므로, 기획 출판보다 퀄리티나 시장성이 떨어지는 경우가 많다. 하지만 ISBN이 부여되어 인터넷 서점에서 기획 출판한 책과 똑같이 검색 · 판매된다. 따라서 콘텐츠만 좋다면 얼마든지 좋은 결과를 기대할 수 있다.

자비 출판으로 대박 난 책도 더러 있다. 백세희 작가의 『죽고 싶지만 떡볶이는 먹고 싶어』와 이기주 작가의 『언어의 온도』이다.

외국 사례로는 세계적인 베스트셀러 『누가 내 치즈를 옮겼을까』와 『부자 아빠 가난한 아빠』가 있다. 포털 사이트에서 자비 출판이라고 검색하면 여러 출판사가 검색되므로 잘 비교한 후 선택한다.

기획 출판과 자비 출판 장단점

기획 출판과 자비 출판은 각각 장단점이 있다. 따라서 각자의 상황에 따라 적절한 선택을 하면 된다. 하지만 초보 작가라면 자비 출판보다는 기획 출판에 도전하기를 바란다. 기획 출판은 나의 원고가 출판사로부터 인정받았기 때문에 작가로서 자존감이 올라가며, 더불어 전문 편집자의 피드백을 받는 과정에서 배움과 성장이 있다. 그러면서 처음 원고보다 훨씬 나은 책이 나오고, 무엇보다 시장성을 확보하게 된다. 하지만 인정받는 과정에 많은 시간이 소요되고 여러 번 거절의 아픔을 겪어야 한다.

자비 출판은 작가 의도가 최대한 보장되며 빠른 시일에 출간할 수 있다. 따라서 불필요한 시간과 감정 소비를 줄일 수 있다. 무엇보다 쉽고 빠르게 출간할 수 있으므로, 저자 이력이 필요한 경우 작가로 입문하는 좋은 방법이다. 또한 인세가 높다. 기획 출판은 7~10%인데 비해, 자비 출판은 30~50%이다. 출판사의 제작비 부담이 없기 때문이다. 그래서 어떤 작가는 책이 많이 팔릴 것이라고 예상하면 자비 출판을 선택하기도 한다. 아울러 주제가 트렌드에 민감하다면 자비 출판이 유리할 수도 있다. 여러 출판사 문을 두드리고 답변을 기다리는 것보다 빠르게 책을 시장에 내놓을 수 있기 때문이다.

2. 출간 기획서 쓰기

기획 출판을 위해서는 출판사에 투고해야 한다. 이를 위해 출간 기획서를 써야 한다. 출판사에는 많은 원고가 투고되므로 모든 원고를 꼼꼼하게 읽어보지 않는다. 출간 기획서를 읽어 본 후 원고를 검토한다. 그리고 어떤 책인지, 판매 가능성이 있는지를 판단한다. 따라서 출간 기획서는 책의 가능성을 알리는 투자 제안서이다.

출간 기획서 양식은 따로 없다. 대체로 책 제목(가제), 분야, 기획 의도, 저자 소개, 대상 독자, 목차, 차별성, 홍보 전략 등의 내용을 포함한다. 출판사 홈페이지에 양식이 있는 경우 맞추어 쓰면 된다. 간결하면서도 책의 매력 포인트를 잘 담아 정성껏 적는 것이 좋다. 출간 기획서를 적으면서 저자는 자신의 책을 객관적으로 볼 수 있게 된다.

책 제목(가제)

독자는 제목으로 처음 책과 만난다. 제목만으로 선택 여부를 결정하는 경우가 많다. 포털 사이트의 수많은 정보도 제목이 클릭 수를 좌우한다. 내용이 아무리 좋은 책이라도 너무 평범한 제목은 호감도를 떨어뜨린다. 강준만 교수는 "제목이 글의 70%를 결정한다"라고 말한다. 독자의 선택을 받기 위해 다음 세 가지를 고려해서 책 제목을 정하는 것이 바람직하다.

첫째, 책 전체의 내용을 잘 반영한다. 제목만 봐도 어떤 내용인지 짐작 가능해야 한다. 독자는 책에서 얻고 싶은 내용이 분명히 있다. 그것을 제목에 드러내야 한다. 나아가 관련 주제에 대한 호기심을 유발한다면 더 바람직하다.

둘째, 경쟁 도서와의 차별성을 드러낸다. 인터넷 서점에서 '책쓰기'로 검색하니 국내 도서만 800권이 넘는다. 모든 책을 분석할 수는 없겠지만, 다른 책과 어떤 차별성이 있는지를 제목에 반영하는 것이 바람직하다. 그래야 독자에게 선택될 수 있다.

셋째, 타깃이 되는 독자층을 고려한다. 필자의 책에서 타깃은 수업과 공부법으로 구분된다. 교사를 대상으로 쓴 책에는 수업이라는 키워드가, 학부모와 학생을 대상으로 쓴 책에는 공부법이라는 키워드를 포함했다.

부제도 중요하다. 제목 옆에 책 내용을 좀 더 자세히 소개하거나, 호기심을 유발하는 1~2줄의 문장이 부제이다. 부제는 제목을 보충하고 독자에게 어필하도록 쓴다. 제목보다 조금 길어도 좋다.

제목과 부제를 정하는 데 중요한 것은 검색이 잘되는 키워드를 포함하는 것이다. 인터넷 서점에서 검색하면 주제뿐만 아니라 부제도 함께 검색된다. 『하브루타 4단계 공부법』은 '성적 쑥! 실력 쑥! 하브루타와 인지심리학의 융합 학습법'이 부제이다. 제목과 부제를 합하면 하브루타, 공부법, 성적, 실력, 인지심리학, 융합, 학습법 등의 다양한 키워드를 포함하고 있다. 따라서 여러 검색에

노출될 가능성이 크다.

출간 기획서에 책 제목을 보내지만 어디까지나 가제이다. 출판사가 원고 검토 후 다른 제목을 붙이는 경우가 대부분이다. 필자도 『하브루타 4단계 공부법』을 제외하고는 출판사에서 새롭게 만든 이름이다. 예를 들어 〈고3 교실에서의 하브루타와 학생 참여 수업〉은 『얘들아, 하브루타로 수업하자!』, 〈선생님 하브루타로 수업해요〉는 『하브루타로 교과수업을 디자인하다』, 〈메타인지 수업 사례 63가지〉는 『메타인지 수업』으로 최종 작명되었다. 출판사에서 책 내용과 시장을 고려하여 제목을 정한다. 따라서 편집자를 믿고 맡기는 것이 바람직하다.

분야

인터넷 서점에는 자세한 카테고리가 있다. 주로 사회 정치, 청소년, 인문, 역사, 에세이, 가정 살림, 경제 경영, 자기 계발, 건강 취미, 여행 등으로 구분한다. 출판사 홈페이지에서 경제경영, 자기 계발, 문학, 에세이, 예술, 청소년 문학, 청소년 학습, 인문, 역사, 실용, 건강, 외국어, 어린이, 기타 등으로 구분해서 제시하기도 한다. 필자는 대부분 수업 방법, 공부법 등으로 적었다. 이 책은 자기 계발, 책 쓰기로 정했다.

기획 의도

책을 쓴 이유를 쓴다. 집필 의도라고 할 수 있다. 자신의 경험이 독자에게 어떤 구체적 도움을 줄 수 있는지에 초점을 맞추어 쓴다. '왜 이 책을 썼는가?', '이 책은 누구에게 어떤 도움을 줄 수 있는가?'를 질문하고 스스로 답해 본다.

저자 소개

저자 약력은 책과 관련한 경력과 전문성이 드러나게 적는다. 필자는 첫 번째 책은 강의 경력 위주로 적었다. 강의가 매출과 연결되는 경우가 많기 때문이다. 이후 방송 출연 경력, 앞서 출간했던 책의 판매량과 인터넷 서점에서의 판매 지수 등을 포함했다.

타깃 독자

타깃 독자가 뚜렷해야 책의 내용과 범위가 정해진다. 그래서 영국 소설가 버지니아 울프는 "독자가 누구인지 알면 어떻게 써야 하는지 알 수 있다"라는 말을 했다. 하브루타 책도 교사를 독자로 하면 수업 방법, 학생을 독자로 하면 공부 방법이 내용이 된다. 메타인지도 수업을 통해 높이는 방법이 있고, 학생이 공부하면서 높이는 방법이 있다. 이처럼 독자에 따라 같은 주제라도 내용과 문체, 말투, 글의 형식이 달라진다.

출판사에서는 독자와 타깃을 구분하기도 한다. 독자는 읽을 사람이고, 타깃은 살 사람이다. 독자와 타깃이 같은 경우도 있지만 다를 수도 있다. 예를 들어 공부법 관련 책은 독자는 청소년이고, 타깃은 학부모이다.

대상 독자와 타깃이 명확해지면 그에 맞는 적절한 내용을 쓸 수 있다. 하지만 필자가 교사를 대상으로 쓴 하브루타와 메타인지 책이 자녀 교육에 관심이 있는 학부모들도 많이 읽었음을 인터넷 서점의 리뷰를 통해 알 수 있었다. 따라서 타깃을 너무 한정하기보다 때로는 폭넓게 생각하는 것도 필요하다.

목차

목차는 책의 요약이다. 원고가 아무리 좋아도 출판사에서 모든 원고를 처음부터 끝까지 읽지는 않는다. 하지만 목차는 반드시 읽는다. 왜냐하면 목차를 통해 책이 어떤 내용을 담고 있는지 알 수 있기 때문이다. 그리고 목차가 탄탄할수록 원고 내용도 알차기 마련이다. 책의 주요 콘셉트와 꼭지들이 일관성을 유지해야 한다.

차별성

출판사는 출간을 결정할 때 경쟁 도서와의 차별성을 중시한다. 차별성이야말로 독보적인 콘텐츠로서 출판사와 독자의 선택을 받게 한다. 필자는 이 책을 쓰기 위해 인터넷 서점에서 책 쓰기를 키워드로 입력한 적이 있다. 수백 권의 책이 나열되었다. 그중에 시선을 단번에 잡고 바로 주문한 책이 있었다. 『출판사 에디터가 알려주는 책 쓰기 기술』이라는 책이었다.

책 쓰기 관련 책은 대부분 여러 권의 책을 쓴 경험이 있는 작가가 책 쓰는 과정, 투고, 출간 과정을 안내하는 내용이다. 하지만 출판할 책을 선택, 편집해서 최종적으로 책을 시장에 나오게 하는 사람은 에디터이다. 에디터는 하루에도 여러 편의 원고를 보고 선택해서 몇 달간 저자와 협의해서 책을 낸다. 따라서 출판 과정을 가장 자세히 아는 사람은 에디터이다.

필자도 몇 권의 책을 쓰는 과정에 여러 명의 에디터와 협업하면서 구체적인 에디터 활동이 궁금했다. 그리고 에디터가 쓴 책이 일반 작가가 쓴 책보다 훨씬 더 많은 경험에서 나온 이야기임을 확신했다. 이처럼 같은 내용의 책이라도 차별성이 중요하다.

필자는 하브루타 관련 책만 세 권을 썼다. 그런데도 세 권이 모두 출간된 것은 다른 책과의 차별성이 있다는 방증이다. 하브루타 관련 책만 이백 권이 넘는다. 수업 방법, 공부법, 독서, 토론, 대화법, 질문, 부모 교육, 자녀 교육, 놀이, 그림책, 역사, 종교 등의 다양한 분야가 있다. 대상도 학부모, 교사, 청소년, 어린이 등으로 세분화할 수 있다.

필자의 차별성은 고등학교 교사가 쓴 유일한 하브루타 수업 책이라는 점이다. 기존에 나온 대부분의 하브루타 수업 책은 일반 하브루타 전문가나 초등학교 교사가 썼다. 아무리 하브루타 전문가라고 할지라도 학생들을 대상으로 매일 수업하는 교사만큼 수업 내용을 다룰 수 없다. 그리고 초등학교 수업 방법을 그대로 중고등학교에 적용하기 어렵다. 수많은 하브루타 수업 책이 나왔지만, 아직 고등학교 교사가 쓴 책은 나오지 않았다. 그 점이 필자의 책이 꾸준히 팔리는 이유이다.

첫 번째 책인 『얘들아, 하브루타로 수업하자!』는 고등학교 교사가 쓴 최초의 하브루타 수업 책이다. 특히, 고3 교실에서 2년 동안 수업한 사례를 중심으로 썼다. 이외에도 다양한 토의 · 토론 수업, 생활기록부에 도움을 주는 수업, 수업에서 바로 복습하는 사례 등을 담았다. 중고등학교에서 바로 수업에 적용할 수 있는 사례 중심이라서 교사뿐만 아니라 임용 고시 수험생들이 수업 실기 시험을 위해 많이 보는 책으로 알려지기도 했다.

두 번째 책인 『하브루타로 교과수업을 디자인하다』는 본격적인 하브루타 활용서이다. 기존의 하브루타 수업 책은 대부분 전성수 교수가 제시한 질문 하브루타, 친구 가르치기, 비교 하브루타, 문제 만들기 하브루타, 논쟁 하브루타의 다섯 가지 모형을 바탕으로 하고 있다. 하지만 이 책은 기본 모형 7가지, 응용 모형 20가지, 과목별 수업 사례 15가지, 입시 관련 하브루타 수업 사례를 포함하고 있다. 따라서 초중고 교사나 학원 강사 등 누구든지 손쉽게 수업에 바로 적용할 수 있다.

세 번째 책인 『하브루타 4단계 공부법』은 유대인 공부법을 우리나라 실정에 맞게 적용했다. 하브루타를 구체적인 공부법으로 출시한 책은 거의 없었다. 필자는 탁월한 학문 업적을 이룬 유대인 공부법과 효율적인 공부법을 연구하는 인지심리학을 함께 연구했다. 그리고 공통점으로 메타인지와 인출 공부가 있다는 점을 도출했다. 유대인 공부법인 낭독과 질문하기, 설명하기에 인지심리학의 인출 훈련인 '기억해서 쓰기'를 포함해서 하브루타 4단계 공부법으로 정립했다.

네 번째 책인 『메타인지 수업』은 수업 시간에 메타인지를 높이는 활동을 소개한 책이다. 기존의 책이 메타인지 학습법, 또는 메타인지 공부법이라면 필자의 책은 메타인지를 높이는 수업 방법이라는 점에서 유일하다. 메타인지가 학업 능력을 높인다는 데 착안해서 수업 시간에 메타인지를 높이는 방법을 적용한 것이 특징이다.

다섯 번째 책인 독자가 읽고 있는 이 책의 차별성은, 교사가 쓴 최초의 책 쓰기 책이라는 점이다. 교사나 강사의 책 쓰기 욕구는 다른 직업에 비해 높다. 그들에게 동기부여와 실질적인 도움을 줄 수 있다. 또한 정약용이 500권을 쓰고, 필자가 6권을 쓴 비법인 초서 독서법을 통해 누구나 쉽게 쓸 수 있도록 안내하고 있다.

홍보 전략

저자의 모든 홍보 전략을 출판 기획서에 포함한다. 활발한 SNS 활동은 좋은 홍보 수단이다. 카카오톡의 단톡방, 페이스북, 인스타그램, 블로그, 밴드 등이 해당한다. 이외에 유튜브를 운영하면서 구독자가 많거나 강연 활동을 할 경우 판매에 도움이 된다.

대형 출판사는 마케팅을 직접 한다. 인터넷 서점에 팝업을 뜨게 하거나 대형 서점의 판매 매대에 자리를 확보하여 홍보한다. 또한, 맘카페나 독서 모임 회원을 대상으로 인터넷 서점이나 SNS에 리뷰단을 모집하는 경우도 흔하다. 출간 직후 올라오는 리뷰는 대부분 출판사 홍보에 의한 것이다. 하지만 유명 작가를 제외하고 출판사에서 많은 홍보비를 투자해 마케팅하는 경우는 드물다. 특히 초보 작가는 더욱 그렇다. 따라서 저자의 홍보 전략이 뚜렷할수록 출간 가능성이 커진다.

김영하 작가나 무라카미 하루키가 아니라면 저자가 직접 뛰어야 한다. 필자는 강연 활동이 책 판매와 이어지는 경우가 많다. 매년 50회 이상의 강연을 하면서 필자의 책을 꼭 소개한다. 그리고 강연 요청이 오면 주최 측에 5~10권 정도 구매를 요청한다. 퀴즈상품으로나 선물로 참가자에게 증정하면 강연 분위기가 훨씬 좋아진다. 때로는 독서 모임에 무료 강연을 한다. 무료 강연을 제안하면 필자의 책으로 독서 모임을 하게 된다.

이번 책의 출간 계획서를 사례로 제시한다.

출간 기획서 사례

1. 가제 : 책 쓰기, 버킷리스트에서 작가되기

부제 : 정약용이 500권을 쓰고 평범한 교사가 6권을 쓴 비법 공개

2. 분야 : 자기 계발, 글쓰기

3. 기획 의도

이 책은 책 쓰기가 버킷리스트인 많은 사람에게 작가의 꿈 실현에 도움을 주고자 기획했다. 책 쓰기 강좌비가 수십만 원에서 천만 원이 넘는 것도 있다. 필자는 평범한 교사로 51살에 첫 번째 책을 써서 1년에 한 권씩, 6권의 책을 쓰고 있다. 전문 작가가 아닌 평범한 사람의 경험과 노하우를 통해서 누구나 쉽게 책을 쓰는 방법을 제공하고자 한다.

책의 주제가 정해지면 관련 책을 30~50여 권 읽으면서 필요한

문장은 베껴 쓰고, 생각은 기록한다. 비슷한 내용끼리 분류하여 목차를 만들고, 꼭지별로 초고를 쓴다. 이는 다산의 초서 독서법과도 같은 방법이며 다산이 18년 동안 500권의 책을 쓸 수 있었던 비결이기도 하다.

4. 저자 소개

울산 신정고 수석교사(31년 차, 윤리 전공)
가르치는 일이면서 배우는 일을 좋아함.
한국하브루타연합회 연구원
매년 수업 및 공부법 관련 강의 50여 회(총 300여 회)
2017년 KBS '이슈와 사람' 40분 단독 출연(스튜디오 좌담 및 수업 장면 방영)
2019년 TBN 라디오 방송 30분 출연(주제 : 하브루타)

〈저서〉

2017년 『애들아, 하브루타로 수업하자!』, 맘에드림, 5쇄 판매 중, 사회 정치 TOP100 14주(예스24)
2018년 『하브루타로 교과수업을 디자인하다』, 맘에드림, 3쇄 판매 중, 사회 정치 TOP100 14주(예스24)
2019년 『하브루타 네 질문이 뭐니?』(공저), 경향비피
2020년 『하브루타 4단계 공부법』, 경향비피, 2쇄 판매 중
2021년 『메타인지 수업』, 경향비피, 창의교육주간 38위, 좋은 부모 top100 2주(알라딘)
2023년 『메타인지 학습 실천 노트』, 더메이커(출판사 요청으로 발간 예정)

5. 타깃 독자

첫째, 가르치는 직업을 가진 교사. 교사가 쓴 책이라서 직접적인 동기 부여

둘째, 책읽기를 좋아하는 사람. 독자에서 작가로 동기 부여

셋째, 좋아하는 분야가 있는 사람, 취미에서 전문가로 동기 부여

넷째, 책 쓰기가 버킷리스트인 사람, 꿈을 현실로 만드는 동기 부여

6. 목차

1장. 책을 쓰면 좋은 점

1. 많이 배운다.
2. 최고의 학위이고 자격증이다.
3. 다양한 전문가와 교류한다.
4. 몰입을 통해 성장한다.
5. 최고의 퍼스널 브랜딩이다.

2장. 책을 쓰게 된 과정

1. 말을 글로 옮기다. 『얘들아, 하브루타로 수업하자!』

2 모든 수업이 책이 되다. 『하브루타로 교과수업을 디자인하다』

3. 하브루타는 공부법이다. 『하브루타 4단계 공부법』

4. 하브루타가 메타인지를 올린다. 『메타인지 수업』

5. 새로운 영역에 도전하다. 『책 쓰기, 버킷리스트에서 작가되기』

3장 책 쓰기를 위한 습관

1. 읽어라
2. 베껴 쓰라
3. 기록하라
4. 검색하라
5. 매일 써라
6. 공개하라
7. 시작하라

4장 다산의 책 쓰기 전략 – 초서 독서법

1. 주제와 주견 세우기
2. 관련 책 읽기
3. 목차 정하기
4. 취사선택하기
5. 초서(抄書) – 베껴 쓰기
6. 질서(疾書) – 깨달아 기록하기
7. 초서 독서법 특징
8. 필자의 삼색 초서 독서법

5장. 책 쓰기의 실제

1. 주제 정하기
2. 자료 수집
3. 목차 작성
4. 초고 쓰기
5. 퇴고하기

6장. 출간에 도전

1. 출판 방법 정하기
2. 출간 기획서 쓰기
3. 투고하기
4. 계약하기
5. 편집자와 작업하기
6. 저자 프로필 쓰기
7. 추천사 섭외하기

7. 차별성

첫째, 교사가 쓴 최초의 책 쓰기 책이다. 책을 쓴 교사는 많지만, 책 쓰기에 대한 책을 쓴 교사는 필자가 유일하다. 교사는 다른 직업군에 비해 책 쓰기에 관한 관심이 높다. 같은 직종의 교사가 쓴 책이라서 교사뿐 아니라 강사 등 가르치는 직업을 가진 사람에게는 동기부여와 실질적인 도움을 줄 수 있다.
둘째, 구체적인 전략을 제시하고, 이에 따라 쓰는 과정을 보여준다. 정약용이 500권을 쓰고, 평범한 교사인 필자가 6권을 쓴 비법인 초서 독서법을 소개한다. 이를 통해 책을 쓰는 과정을 내비게이션처럼 친절히 안내한다.

8. 홍보 전략

1) 강의 : 매년 50회 이상(전국 초중고, 대학교, 도서관, 학부모 등)
2) 카카오톡 단톡방 : 한국하브루타연합회 단톡방(532명), 강사 과정 단톡방(325명)

3) 네이버 밴드 : 따끈한 교육정보(11,804명), 자녀를 위한 부모 교육(16,876명), 대경하브루타 연구소(610명), 교사 진학정보밴드(990명), 질문배움연구소(2,546명)

4) 기타 블로그, 유튜브, 인스타그램 활동 중임.

3. 투고하기

출판사 찾기

출간 기획서를 완성하면 출판사를 찾아 나서야 한다. 투고는 출간 기획서와 원고를 함께 보낸다. 초보 작가가 출판사를 만나는 일은 쉽지 않다. 출판사는 책의 완성도나 작품성을 보기도 하겠지만, 수익성이 높다고 판단하는 원고와 계약한다. 따라서 대중에게 알려지지 않은 초보 작가로서는 출판사와 계약하고 기획 출간을 한다는 것 자체가 성공적인 출발이다. 필자도 다섯 권의 책을 출간하면서 수십 군데의 출판사 문을 두드렸고, 거절을 당하기 일쑤였다.

대형 출판사는 다양한 분야의 책을 출간하지만, 중소형 출판사는 콘셉트를 정해서 관련 분야만 전문적으로 출간하기도 한다. 예를 들어 필자의 『애들아, 하브루타로 수업하자!』, 『하브루타로 교과수업을 디자인하다』를 출간한 맘에드림 출판사는 교육 분야 전문 출판사이다. 따라서 수업 방법, 교육 정책 중심으로 책을 출간한다. 이처럼 분야에 전문성을 가진 출판사가 해당 분야 책의 디자인과 편집에 유리한 점이 많기도 하다.

출판사 목록 정리

온라인 서점에서 같은 콘셉트의 책을 출간한 서점을 찾는다. 예를 들어 예스24 또는 알라딘에 들어가서 '책 쓰기'를 키워드로 입력한다. 그러면 제목이나 부제에 책 쓰기가 들어간 모든 책이 표시된다. 여기에 나오는 출판사 홈페이지에 투고한다.

또는 도서관이나 오프라인 서점에서 책을 찾는 방법도 있다. 대부분 같은 분야의 책이 함께 진열되어 있다. 필요한 만큼의 출판사 정보를 수집하면 된다. 책의 앞표지를 넘기면 책의 정보를 요약한 판권 페이지가 있다. 지은이, 발행인, 출판사 정보, 이메일 등을 안내한다. 여기 나온 이메일로 보낸다. 만약 이메일이 없으면 대표번호로 전화를 하면 알려준다. 이 판권 부분을 사진으로 찍어서 출판사 목록을 만들면 된다.

출판사의 대표 메일은 홈페이지 하단에 대표 전화번호, 팩스 번호와 함께 나와 있다. 대형 출판사는 홈페이지에 원고 투고 메뉴가 별도로 있다. 출간 기획서와 원고를 함께 첨부하는 경우도 있고, 별도의 출간 기획서 양식이 있어 입력해야 하는 때도 있다. 이때는 출판사마다 요구하는 출간 기획서의 내용이 조금씩 달라서 내용과 형식에 맞게 직접 입력해야 한다.

4. 계약하기

수많은 거절

여러 출판사에 투고해서 한 개 출판사에서라도 출간 제의가 오면 다행이다. 하지만 대부분 거절하는 답장을 받는다. 연락이 오는 데 보통 2~3주 정도 걸린다. 연락을 아예 하지 않는 경우가 많다. 출간 제의가 없으면 출판사 목록을 새로 만들어 투고하거나 자비 출판을 고려해야 한다. 다음은 답장 예시이다.

> 안녕하세요. ○○출판사 기획편집부입니다.
> 보내주신 원고에 대한 검토가 마무리되어 연락드립니다.
> 편집부에서 논의한 결과 흥미로운 작품입니다만, 저희가 현재 기획하는 출간 방향과는 다소 거리가 있어 출간이 어려울 듯합니다.
> 이렇게 정성 들여 쓰신 원고를 ○○출판사에 투고해 주시고 또 오랜 검토 기간 동안 기다려주셔서 감사합니다.
> 안녕히 계십시오.
>
> ○○출판사 기획편집부 올림.

주요 계약 사항

출판이 성사되면 계약을 한다. 필자의 경우 첫 번째 책은 출판사에서 울산까지 직접 계약하러 내려왔다. 나머지는 모두 이메일로 계약을 했다.

계약서에는 인세 및 정산, 초판 부수, 전자책 발행 여부, 저자 증정본, 저작권 등에 관한 내용을 포함한다. 인세는 보통 7~10%이다. 처음 두 권의 책은 초판 7%, 재판 이후 10%로 했다. 세 번째, 네 번째 책은 초판 10%, 만 권 이상 판매 시 12%로 계약했다. 대부분 출판사 자체 규정이 있어 출판사에서 제시한 인세로 계약한다. 전자책을 함께 발간할 경우 전자책에 대해서는 좀 더 높은 인세를 받는다.

정산 시기는 출판사마다 다르다. 필자와 함께한 출판사는 모두 판매가 완료된 시점에 인세를 지급했다. 예를 들어 초판이 모두 판매되면, 초판 인세를 지급하는 것이다. 2쇄, 3쇄의 경우도 마찬가지이다. 필자의 책은 초판은 3달에서 10달 정도 소요되었다. 2쇄부터는 훨씬 많은 시간이 걸린다.

초판 인쇄는 2,000부가 많다. 출판사나 원고 내용에 따라 1,000부 혹은 3,000부 이상을 찍기도 한다. 초판이 빠르게 완판되면 2쇄, 3쇄도 2,000부를 찍지만 그렇지 않으면 2쇄 이후 인쇄부수를 줄여서 출간하기도 한다.

저자 증정본은 초판 20권, 2쇄 이후는 2권 정도가 대부분이다. 저자가 출판사를 통해 직접 구매 시 정가의 30% 할인 가격으로 사는 것도 계약서에 포함된다.

기획 출판을 하게 되면 계약과 동시에 50만 원 정도의 선인세를 받는다. 그리고 최종 원고를 출판사에 넘기는 날을 확정한다. 출판사의 출간 계획에 따라 1~2달 정도의 기간을 준다. 그동안 저자는 퇴고를 거듭한다.

5. 편집자와 작업하기

좋은 편집자

담당 편집자가 정해지고, 출간을 위한 본격적인 작업에 들어간다. 담당 편집자는 작가의 책을 처음 읽는 독자이다. 아울러 작가와 좋은 책, 팔리는 책을 만들 책임을 공유한다. 따라서 담당 편집자와 함께 책을 만든다는 마음으로 피드백을 충분히 받아들일 마음이 필요하다.

자신을 '악마 편집자'로 일컫는 최현우는 『출판사가 OK하는 책 쓰기』에서 "좋은 편집자가 있는 출판사에 투고하세요. 그럼 좋은 편집자가 여러분을 멘붕에 빠트릴 겁니다. 왜냐하면 좋은 편집자는 여러분이 더 좋은 책을 쓰도록 끝없이 잔소리를 하거든요"라고 말한다. 필자는 이 말에 전적으로 동의한다. 실제 멘붕에 몇 차례 빠졌지만 헤어나오는 과정에 성장했고, 책은 좋아졌다.

원고가 책이 되기까지 보통 2~3달 정도 소요된다. 교정 · 교열과 윤문, 디자인, 제목, 표지 선정, 가격 결정 등의 작업이 이루어진다. 최종 원고를 보내면 바로 작업하는 경우도 있지만, 출판사 사정에 따라 몇 달 후 시작하는 때도 있다.

교정·교열과 윤문

교정은 맞춤법이나 띄어쓰기를 수정하는 일이고, 교열은 문장을 자연스럽게 다듬는 일이다. 교정과 교열은 저자의 동의를 받지 않고 편집자가 알아서 진행한다. 하지만 내용을 추가하거나 덜어내는 윤문 작업은 저자와 협의한다. 저자에게 윤문 작업은 꽤 힘들다. 애쓴 원고를 삭제한다든지, 추가로 써야 할 경우 고민에 빠지게 된다. 영혼을 담아 쓴 내용을 삭제하기도 어렵지만, 새로운 내용을 추가하는 것은 더 힘들다. 왜냐하면 원고에 이미 쓸 수 있는 내용 모두를 포함했기 때문이다.

가장 힘들었던 때는 『하브루타 4단계 공부법』이었다. 1장과 2장의 유대인과 하브루타에 대한 소개 분량 80페이지가량을 삭제하고, 4단계 공부법의 구체적인 사례를 그만큼 추가해달라는 요청을 받았다. 삭제는 40페이지 정도로 줄이는 것으로 합의했는데, 추가는 솔직히 자신이 없었다. 왜냐하면 내가 할 수 있는 모든 사례를 이미 포함했으며 추가로 새로운 사례를 발굴하기가 여의치 않다고 생각했기 때문이다. 한때는 출간 포기를 고민할 정도로 힘들었다. 하지만 편집자와 여러 차례 통화하고 조언을 받으면서 나름 방향을 발견하게 되었다. 이후 초고보다 훨씬 완성도 높은 원고를 출판사에 보내게 되었다. 이 과정에서 수많은 책을 읽었으며 작가로서의 성장에도 큰 도움이 되었다.

작가가 최종 원고를 보내면 편집자가 1차 교정을 해서 PDF 파일로 보낸다. 이후 3차 교정까지 한 후, 책으로 출간되는 경우가 대부분이다. 그동안 제목 정하기, 표지 디자인 선정, 가격 결정 등이 함께 진행된다.

제목 정하기

제목은 책을 한마디로 요약하면서 독자의 흥미나 호기심을 끌어내어야 한다. 출간 기획서에 두세 가지의 가제를 주지만 막상 출판사에서는 의외의 제목을 정하기도 한다. 경험상 작가는 책의 성격을 가장 잘 드러내는 제목을 제시한다면, 출판사에서는 독자의 흥미나 호기심을 불러일으키는 제목을 선호한다. 작가의 견해를 참고하지만, 최종 제목은 대부분 출판사에서 결정한다.

표지 디자인

표지는 책의 얼굴이자 대문이다. 따라서 콘셉트와 일관성을 유지하면서 사람들의 시선을 집중하게 하고 호기심을 자극하는 것이 좋다. 표지 디자인은 출판사에서 전문가에게 외주하는 경우가 많다. 일반적으로 3개 정도의 디자인을 가져와서 저자와 출판사가 협의해서 결정하게 된다. 대부분 저자와 편집자의 선택이 일치했다.

가격 결정

책 가격은 페이지 수, 발행 부수, 종이 재질, 컬러 인쇄 여부, 경쟁 도서의 가격 등을 고려해서 결정한다. 저자 입장에서는 높을수록 인세가 올라가니 좋겠지만, 출판사는 가장 잘 팔리는 가격을 정한다. 대부분 출판사에서 결정한다.

저자가 내용의 전문가라면, 편집자는 책의 완성도를 높이는 전문가이다. 따라서 가능한 한 편집자의 조언을 수용하는 것이 바람직하다. 때로는 저자로서 자존심이 상하는 때도 있고 받아들이기 어려운 때도 있다. 그래서 실랑이를 벌이기도 했다. 하지만 여러 권의 출간 경험을 통해 알게 된 것은 대부분 편집자가 옳았다는 것이다. 그 이유는 출간된 책을 만나면 알게 된다.

6. 저자 프로필 쓰기

독자가 책 제목에 끌려 책을 들면, 먼저 저자가 어떤 사람인가를 본다. 자기가 원하는 정보를 충분히 제공할 만한 사람인지를 확인하는 것이다. 그래서 저자 프로필은 표지를 넘기면 바로 앞날개에 소개된다. 프로필에서 가장 중요한 것은 다음 세 가지이다.

- **첫째, 전문성이다. 그 분야에 전문성을 가지고 활동한 사람인가?**
- **둘째, 신뢰성이다. 자신이 원하는 정보를 제공할 만큼 믿을 만한 사람인가?**
- **셋째, 차별성이다. 그 분야의 다른 전문가에 비해 어떤 차별성이 있는가?**

이 세 가지는 실제로는 서로 연결되어 있다. 한 분야에 대해 전문성을 가지고 꾸준한 활동을 통해 신뢰성을 보여주고, 이 과정에서 그 사람만의 차별성이 생긴다. 이 세 가지를 입증하는 경력과 활동을 써야 한다. 분량이 길면 제대로 읽지 않는다. 앞날개의 3분의 1 정도 분량이 적당하다.

필자는 200권이 넘는 하브루타 관련 책 중에서 유일한 인문계 고등학교 교사로서 수업에서 직접 하브루타를 적용해 성과를 내었다. 이러한 점에서 전문성과 신뢰성, 차별성을 인정받아 하브루타 관련 책만 네 권을 쓸 수 있었다.

필자의 예시는 다음과 같다.

『얘들아, 하브루타로 수업하자!』 프로필

울산 신정고등학교 수석교사이자 경력 25년 차 윤리 교사

부끄러운 고백, 22년 동안 강의식 수업을 고수하면서 수업에 실패했고, 무엇이 문제인지 생각하지 못했다. 어느 날 후배 교사의 토론 수업을 보고 변하는 시대에 발맞추지 않는 자신을 반성하기 시작했다. 그 후 다양한 학생 참여 수업을 시도하고 실패를 거듭하다가 하브루타를 만났다. 지금은 수석교사로서 수업 동아리 교사들과 함께 하브루타와 융합 수업 등 다양한 학생 참여 수업을 배우고 실천하고 있으며, 하브루타 강연을 하는 등 교실 수업 개선을 위해 노력하고 있다. 울산광역시 교육청 교실수업개선지원단 팀장, 영재 학급 논술 강사, 학생 참여 수업 연수 강사 등의 활동을 하고 있다.

『하브루타 4단계 공부법』 프로필

울산 신선여고 수석교사. 윤리와 통합사회 수업 담당.

가르치는 직업이면서도 배우는 것을 더 좋아한다. 오랜 시간 수업 방황을 하다가 하브루타를 만나 방황을 끝냈다. 수업에서 질문하고 친구에게 설명하는 과정이 자연스럽게 아이들의 공부법이 되어, 성적이 오르고 공부의 즐거움을 깨달은 학생들을 보아왔다. 한국하브루타연합회 교육연구원이며, 학교와 일반인을 대상으로 수업과 공부법에 대한 강연을 하고 있다. 저서로는 《얘들아, 하브루타로 수업하자!》, 《하브루타로 교과수업을 디자인하다》가 있다. KBS 이슈와 사람에 출연했고, 사진작가로 초등학교 교과서에 작품이 실려 있다. 포토스탠딩 토론을 위한 사진카드인 《좋은 상상》을 출시했다.

『메타인지 수업』 프로필

울산 신선여고 수석교사. 하브루타와 프로젝트 수업 전문가. 한국하브루타연합회 교육연구원. 가르치는 교사이면서 늘 배움을 좋아하고, 실천한다. 많은 학생이 수업 내용을 기억에서 잊은 후인 시험 기간이 되어야 다시 공부하는 것을 보면서, 수업 시간에 메타인지 활동을 통해 저절로 복습이 되는 다양한 활동을 수업에 적용했다. 교사와 학생, 일반인을 대상으로 하브루타 수업법, 하브루타 4단계 공부법, 프로젝트 수업 등의 강연 활동을 하고 있다. 저서로 『얘들아, 하브루타로 수업하자!』, 『하브루타로 교과수업을 디자인하다』, 『하브루타 4단계 공부법』이 있다.

7. 추천사 섭외하기

추천사는 책의 신뢰도를 높이는 역할을 한다. 따라서 분야의 전문가나 저자를 섭외하는 것이 바람직하다. 필자는 출판사의 도움을 받지 않고 직접 추천사를 쓸 분을 섭외했다. 추천사는 책의 목차 다음, 시작 부분에 있는 경우와 표지 뒷면에 있는 경우로 구분된다. 시작 부분의 추천사는 1~2명으로 해서 2쪽 내외가 적당하다. 표지 뒷면 추천사는 4~5명으로 해서 3~4줄 정도가 적당하다. 필자는 하브루타 관련 책은 양동일(질문하는 공부법 하브루타), 김정완(코리안 탈무드), 김혜경(하브루타 질문 독서법) 선생님 등 하브루타 저자에게 부탁했다.

『메타인지 수업』 집필을 기획하면서 우리나라 최고 인지심리학자인 김경일 교수의 추천사를 꼭 받고 싶었다. 김경일 교수는 최고의 전문가답게 짧지만 책의 핵심을 관통하는 추천사를 써서 보내 주셨다. 다음은 김경일 교수의 『메타인지 수업』 추천사이다. 메타인지와 관련해서 우리나라 최고 전문가이자 방송을 통해 널리 알려진 김경일 교수님의 추천사를 통해 부족한 원고에 큰 힘이 되었다.

AI가 우리의 삶에 깊숙이 들어와 있는 4차 산업혁명은 이제 시대의 키워드가 됐다. 그런데 이 과정에서 왜 우리는 머신러닝(학습)이라는 말은 쓰는데 머신교육이라는 말은 쓰지 않을까? 스스로 깨우치기 때문이다. 그렇다. 새로운 시대는 단순히 아는 자가 모르는 자를 교육시키는 시대를 넘어서, 모르는 사람이 스스로 학습할 수 있는 환경의 설계가 그 무엇보다도 중요하다. 왜냐하면 그것이 바로 수많은 변수가 존재하는 현대사회에서 우리의 아이들이 가져야 하는 핵심 역량이기 때문이다. 그래서 시험을 아무리 잘 봐도, 스펙이 아무리 좋아도, 세상의 눈으로 보면 별다른 역할을 부여할 수 없는 사람이 그리도 많은 것이다. 그렇다면 어떻게 해야 할까?

인지심리학자들은 이렇게 이야기한다. '입력보다 출력이다!' 그렇다. 우리 아이들은 출력해야 한다. 설명하고, 질문하고, 대화해야 하며, 또 스스로 테스트해 보면서 출력해야 한다. 그래야 능동적으로 학습해서 교육받은 인간을 이기는 AI가 할 수 없는 일을 해내는 인재가 된다.

이성일 선생님은 바로 그 점에 있어서 메타인지가 왜 학교 교육의 중심으로 들어가야 하는가를 정확히 이해하고 있는 교육자이자 학습 설계자다. 우리 아이들은 피교육의 대상이 아닌 학습의 주체가 되어야 한다는 것을 그 누구보다도 절실히 이해하고, 더 나아가 그 방법을 아이들 곁에서 끊임없이 검증해 본 사람만이 이런 책을 만들어 낼 수 있다. 김경일 (인지심리학자, '지혜의 심리학' 저자)

최종 교정본을 보내고 인터넷 서점에 책이 올라오기를 기다리는 과정은 매우 설렌다. 그리고 책이 내 손에 쥐어지는 순간의 기쁨은 이루 말할 수 없다.

필자에게 책 쓰기는 세 가지 의미가 있다.

첫째, 배움의 확장이다. 책 쓰기를 통해 가장 많이 배우고, 점차 분야가 확장되었다. 첫 번째 책인『얘들아, 하브루타로 수업하자!』를 쓰면서 하브루타뿐만 아니라 동료 교사들의 수업을 보고 토론 수업과 융합 수업을 배웠다.『하브루타로 교과수업을 디자인하다』는 하브루타에 대해 본격적으로 배우는 과정이었다.『하브루타 4단계 공부법』으로 하브루타를 수업법에서 공부법으로 확장했다.『메타인지 수업』은 하브루타가 메타인지를 가장 높이는 공부법임을 깨닫고, 메타인지에 대해 본격적으로 연구한 책이다. 지금 독자가 보고 있는 책은 그동안의 책 쓰기 경험을 바탕으로 브랜드의 확장을 도모하는 책이다.

둘째, 배움의 실천이다. 필자가 쓴 모든 책은 배움의 실천 기록이다. 여러 수업 사례들은 모두 나와 아이들의 모습이다. 하브루타로 수업하면서 아이들과 함께 누린 행복들, 아이들의 공부법을 지도하면서 지켜본 성장의 모습들, 메타인지 수업을 통해 아이들이 수업 시간에 저절로 복습하면서 만족해하는 모습들. 모든 것이 나의 수업과 교실 현장에 있었던 이야기이다. 동영상이 아닌 글로 녹화한 배움의 실천 기록이다.

셋째, 배움의 나눔이다. 내가 가진 것을 가장 많은 사람에게 나누는 방법이 책 쓰기이다. 인터넷에 내가 쓴 책을 검색해보면, 얼마나 많은 사람이 내 책을 통해 도움을 받았는지 확인할 수 있다. 이메일로 문의가 오면 직접 통화해서 컨설팅하기도 한다. 그래서 알게 된 소중한 인연이 필자가 추천사를 쓴『기적의 아낫 바니엘 치유법』을 번역한 김윤희 선생님이다. 책은 강연과 연결된다. 수백 번의 강연을 통해 만난 만 명이 넘는 사람들에게 나눈 것은 수업 방법이기도 했지만 배움의 태도였다.

6년 동안 6권의 책을 썼다. 7번째 책은 정해져 있다. 앞으로 몇 권의 책을 더 쓰게 될지 모른다. 내가 앞으로 무엇을 배울 것인가에 따라 결정될 것이다. 그래서 설렌다. 계속 책을 쓸 수 있었던 것은 오직 독자들이 읽어주었기 때문이었고, 그로 인해 용기를 낼 수 있었다. 필자가 쓴 책을 읽어주신 모든 독자에게 진심으로 감사를 올린다.

참고문헌

강원국, 『대통령의 글쓰기』, 메디치, 2014
강원국, 『강원국의 글쓰기』, 메디치, 2018
강준만, 『글쓰기가 뭐라고』, 인물과 사상사, 2018
권영식, 『다산의 독서전략』, 글라이더, 2012
김도운, 『죽기 전에 내책 쓰기』, 행복에너지, 2018
김병완, 『초서 독서법』, 청림출판, 2019
김병완, 『한 달에 한 권! 퀀텀책 쓰기』, 넥센미디어, 2018
김병완, 『초의식 독서법』, 싱긋, 2014
나카무라 구니오, 『하루키는 이렇게 쓴다』, 밀리언서재, 2020
미즈키 아키코, 『퍼스트클래스 승객은 펜을 빌리지 않는다』, 중앙북스, 2020
박석무, 『유배지에서 보낸 편지』, 창작과 비평사, 1991
사카토 켄지, 『뇌를 움직이는 메모』, 비즈니스 세상, 2009
성훈, 『예비·초보 강사를 위한 책 쓰기 제언, 책이 길이다』, 렛츠북, 2015
손화신, 『쓸수록 나는 내가 된다』, 다산초당, 2021
양춘미, 『출판사 에디터가 알려주는 책 쓰기 기술』, 카시오페아, 2018
유시민, 『유시민의 글쓰기 특강』, 생각의길, 2015
이오덕, 『우리글 바로쓰기』, 한길사, 2009
이희석, 『나는 읽는 대로 만들어진다』, 고즈윈, 2008
장치혁, 『팔리는 책 쓰기, 망하는 책 쓰기』, 서사원, 2021
정민, 『다산선생 지식경영법』, 김영사, 2006
최승필, 『공부머리 독서법』, 책구루, 2018
최현우, 『출판사가 OK하는 책쓰기』, 한빛미디어, 2020
최효준, 『다산의 글쓰기 전략』, 글라이더, 2016
황농문, 『몰입』, 알에이치코리아, 2007